漫娱图书
古人很潮 MOOK 书系

江湖虽远阔，再遇一定有期
红尘万里，故人如旧
偶然相聚，最是人间堪乐处

八拜为交

古人很潮 编著

长江出版社　漫娱图书

目录

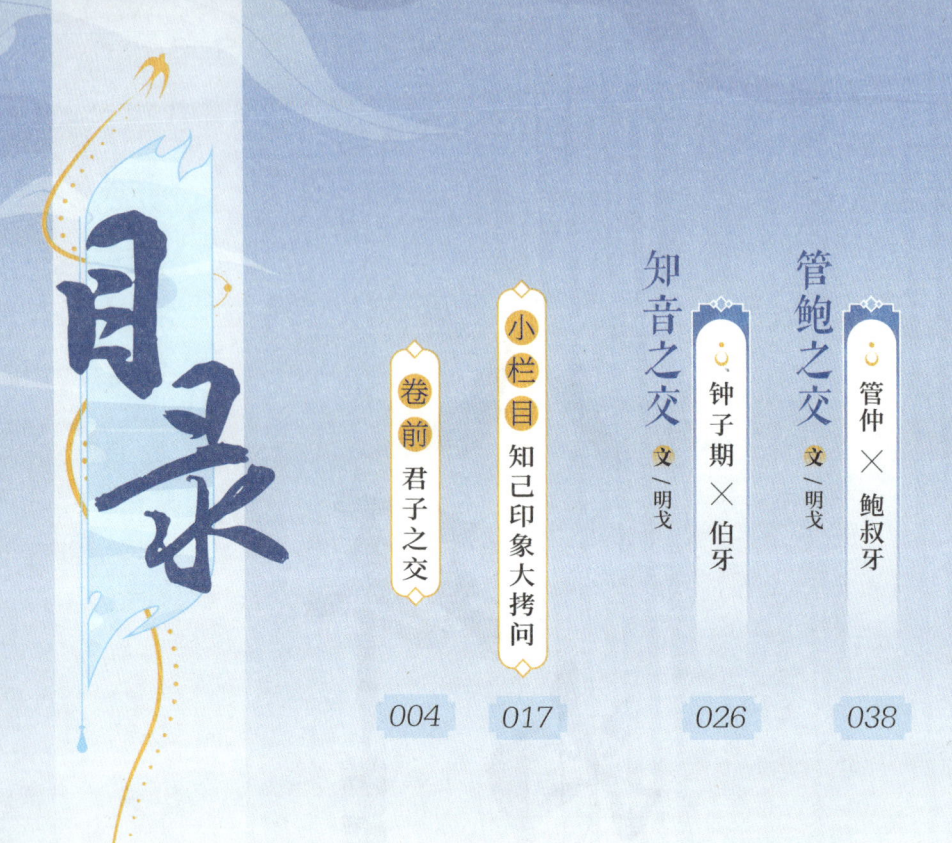

- 卷前 君子之交 ... 004
- 小栏目 知己印象大拷问 ... 017
- 知音之交 文/明戈 钟子期 × 伯牙 ... 026
- 管鲍之交 文/明戈 管仲 × 鲍叔牙 ... 038

- 金兰之交 文/明戈 刘邦 × 韩信 ... 132
- 鸡黍之交 文/明戈 范式 × 张劭 ... 146
- 总角之交 文/拂罗 孙策 × 周瑜 ... 162
- 河梁之谊 文/清夜月 苏武 × 李陵 ... 180
- 莫逆之交 文/清夜月 上官婉儿 × 太平公主 ... 190

舍命之交 文/明戈 左伯桃×羊角哀	胶漆之交 文/明戈 陈重×雷义	刎颈之交 文/拂罗 廉颇×蔺相如	忘年之交 文/拂罗 孔融×祢衡	生死之交 文/明戈 刘备×关羽×张飞
050	068	082	100	118

元白之交 文/明戈 元稹×白居易

200

知音之交

淳朴乡村艺术家 **钟子期**
×
清冷天才琴师 **伯　牙**

"恩德相结者，谓之知己；腹心相照者，谓之知心。"

注：古时，人们用"八拜之交"来表示世代有交情的两家弟子谒见对方长辈时的礼节，旧时也称异姓结拜的兄弟姐妹。后来，人们称管鲍之交、知音之交、刎颈之交、舍命之交、胶漆之交、鸡黍之交、忘年之交、生死之交为"八拜之交"。

阴暗深沉偏执狂 **管 仲**
×
温润强大白月光 **鲍叔牙**

卷前 君子之交

管鲍之交

"生我者父母，知我者鲍子也。"

舍命之交

JUNZI ZHI JIAO

赤诚穷困贤士 左伯桃
×
潇洒江湖浪客 羊角哀

"生交无百年，死交有千载。"

清正内敛尚书郎 陈 重
×
仁厚稳重侍御史 雷 义

卷前 君子之交

胶漆之交

"胶漆自谓坚，不如雷与陈。"

勇猛赤诚大将军 廉　颇
×
智勇谦和外交官 蔺相如

刎颈之交

"卒相与欢，为刎颈之交。"

JUNZIZHIJIAO

刚直不阿大贤士 孔　融
×
高傲狂妄辩论家 祢　衡

卷前 君子之交

忘年之交

"衡始弱冠，而融年四十，遂与为交友。"

生死之交

仁德蜀王 **刘 备**
×
忠臣武圣 **关 羽**
×
"燕万人敌" **张 飞**

"肝胆相照两昆仑，此生共赴黄泉间。"

隐忍多疑君主 **刘　邦**
×
刚正骁勇战神 **韩　信**

卷前　君子之交

金兰之交

"足下虽自以为与汉王为金石交，然终为汉王所擒矣。"

鸡黍之交

端正重诺书生 **范 式**
×
风雅体弱名士 **张 劭**

JUNZIZHIJIAO

"恨不见我死友。"

意气风发小霸王 **孙　策**
×
风光霁月贵公子 **周　瑜**

卷前 君子之交

总角之交

"周公瑾英俊异才，与孤有总角之好。"

河梁之谊

守正忠臣义士 苏　武
×
桀骜叛国贰臣 李　陵

"向河梁，回头万里，故人长绝。"

"巾帼宰相"上官婉儿
×
镇国公主 太平公主

卷前 君子之交

莫逆之交

"甫瞻松槚，静听坟茔。千年万岁，椒花颂声。"

元白之交

随性多情牡丹君 元 稹
×
清正耿介紫薇郎 白居易

"君埋泉下泥销骨,我寄人间雪满头。"

知己印象大拷问

ZHIJI

文/明戈

小主持："观众朋友们大家好，欢迎准时来到我们《缘来就是你》直播间。所谓'山河不足重，重在遇知己'，漫漫人生能寻得一真心好友，几乎是每个人的夙愿。今天我们就请来了几对知己，他们有的萍水相逢，有的相结于诗，有的本就是兄弟，还有的是君臣。"

小主持："接下来就让我们进入今天的主题：知己初印象大拷问！有请第一对知己，元白闪亮登场！"

元白

元稹带着白居易进入画面，两人坐到沙发上。

白居易一身绛色圆领衫，沉稳地看着摄像机，落落大方。元稹眉眼深邃，桃花般的多情眸子从工作人员小姐姐脸上依次划过，引得一片面色羞红。

主持人挥了挥手，提醒元稹看镜头。元稹转过头盯着主持人一挑眼尾，含笑道歉："好，抱歉。"

小主持脸上霎时升起红霞。

白居易连忙咳嗽几声，起身替元稹解释道："不好意思，请大家见谅。我这位朋友就这毛病，看电线杆子都深情。"

主持人平复了一下心情，点点头表示理解，又看了眼手稿："既然乐天已经站起来了，那就请您先来吧。请问您对元稹的初印象是什么呢？"

白居易回忆了一下，而后有些尴尬地瞅了一眼元稹："很帅的弟弟，以及……大家都说他挺渣的。"

元稹猛站起来，从身后压住白居易双肩："白兄，原来你一开始以为我是渣男啊！"

白居易连忙拍了拍肩膀上元稹的手，安慰道："这不是以前嘛。咱俩深入交往了以后，我立刻就对你改观了。你只是看起来多情，但内心是深情的。毕竟一个渣男怎么会因为思念亡妻，写出'朝从空屋里，骑马入空台。尽日推闲事，还归空屋来'[1]

---

[1] 出自元稹的《空屋题（十月十四日夜）》。

018

这种催人泪下的诗句呢？"

元稹闻声忽然有些动容。他绕到正面，反手握住白居易的手，眼底闪着细碎的光。

"当时还是白兄以我亡妻的口吻，写下'君入空台去，朝往暮还来。我入泉台去，泉门无复开'[1]，把我从悲哀中拉了出来。"

两人重新坐了下来。

主持人又看向元稹："那么你对乐天的初印象是什么呢？"

元稹眨了眨桃花眼："人很稳重，诗写得极好。"说罢又补了一句，"且极长。"

主持人："那现印象呢？"

元稹叹了一口气："我俩互相酬诗九百余首，信纸连起来有三百余米，可现在觉得他的诗还是太少，太短了。"

主持人："九百多首还不够啊？"

元稹望向白居易："也许再多几辈子就够了。"

主持人："够了，够够的了，下一个！"

雨苏

随着元白退场，苏轼和苏辙走了上来。

主持人示意两人到这边坐下，苏轼却迟迟没过来，反而在餐桌那边晃悠，很明显相中了那盘水果。

"哥，都等我们呢。"苏辙垂下眸子，拽了拽苏轼的袖子。

苏轼这才恋恋不舍移开目光，临转身还揪走了一颗荔枝。

主持人笑道："你们好，要不要和我们的观众朋友们打个招呼？看弹幕好多人喜欢你们！"

苏轼苏辙互相看了一眼，随后齐齐伸出右手摆了个造型，齐声道："嘿呦，这里是aka苏家兄弟，谢谢大家的支持。"

---

1 出自白居易的《答骑马入空台》。

主持人吓了一跳："嗯，哈哈，您二位还挺默契。咱们进入正题，弟弟先来？"

苏辙重新理了理自己一丝褶皱都没有的衣襟，稳重地看向镜头。

主持人："弟弟对哥哥的初印象是什么呢？"

苏辙极认真地回忆了片刻，严谨道："在屋里光——"

主持人连忙打断："这不能播。也不至于那么早哈，主要指的是少年时期。"

苏辙眼里焕发出崇拜的光来："我觉得哥哥是世界上最厉害的人。他不仅会带着我游山玩水，还出口成章，落笔成文，字写得好不说，记忆力还一流。附近所有人里，数我哥哥最有才华，后来简直名动京师啊……"

主持人见苏辙夸个没完，连忙叫停："好，想必大家都知道你有多崇拜哥哥了，那现印象呢？"

苏辙突然没话了，憋了好半天才说出来两个字："爱吃。"

主持人引导："别的呢？"

苏辙："……很爱吃。"

主持人满脸黑线："精神方面的？"

苏辙想起来了些什么，他眉心蹙了蹙，慎重地选择了一个词概括："自由。"

看着大家的疑惑目光，苏辙解释道："哥哥在新党执政时支持旧党，旧党执政时支持新党，导致被贬了一辈子。别人都说他有毛病，不过我知道，他支持的不过是自己心中正确的东西。哥哥的灵魂永远是自由的。"

苏辙的眼神坚定又温柔，苏轼看着他的侧脸，不由牵起嘴角。

主持人鼓了鼓掌，把头转向苏轼："好，那您对弟弟的初印象是什么呢？"

苏轼一点没犹豫："在屋里光——"

主持人忙道："您二位不把直播间封了不算完是不？"

苏轼左手盘着刚才那颗荔枝，右手托着下巴："初印象……我以前一直觉得我弟弟是个跟在我后头挺狂的小屁孩。他当年在科举试卷上痛骂仁宗耽于酒色不理朝政，嫌忠言逆耳，对枕边风唯命是从，堪比六大昏君……我当时都替他捏了一把汗，幸好皇帝没罚他。虽然大家都说他沉稳内敛，不过我始终觉得我弟是有棱有角的。"

主持人："那您对他的现印象呢？"

苏轼慢悠悠坐直身体，剥开荔枝，自然地递给苏辙："好多人都说他捞了我一辈子，其实这是个误传。我们在朝中是互相扶持的关系，我受到排挤时为了不影响到他，会主动请求外调。所以如果把这个印象具体化，与其说他是一把伞，不如说他是我唯一怕牵连的软肋。"

"哥。"苏辙眼眶微红。

"弟。"苏轼应了一句。

"哥我好感动。"

"弟我想吃荔枝。"

主持人："下一个！"

李杜

"太白啊，你慢点走，别摔了！"杜甫的声音急急从后台传来。

李白雪袖翻飞，面颊带着醉后的酡红，脚步十分匆忙地闯进直播间。

"孟夫子，孟夫子？"李白高呼着四处寻找。

杜甫上气不接下气地跑过来，闻声脸都绿了。

主持人一看气氛微妙，连忙压低声音提醒："太白啊，今天你知己在身后哪。"

李白却是闭眼大手一挥："你懂什么，我找孟夫子是因为他喜欢在汉江泛舟[1]，知道哪儿的鱼最多。子美最爱吃鱼了[2]，我想着给他钓几条。"

杜甫一听，眉梢眼角立刻飞扬起来，美滋滋地走过来把李白带回沙发附近。

主持人松了口气，看向杜甫："那就您先来吧，正好让太白醒醒酒。"

杜甫把桌上一杯热茶塞到李白手里，点点头。

"您对李白的初印象是什么呢？"

杜甫转头看向李白，眼神炽热："神仙，他一定是被贬到凡间的神仙，没有人

---

[1] 出自杜甫的《初春汉中漾舟》。
[2] 出自杜甫的《李监宅二首》："且食双鱼美，谁看异味重"，以及《戏作俳谐体遣闷二首》："家家养乌鬼，顿顿食黄鱼。"

能把诗写得那样好。"

"还有吗？"

"爱喝酒，浪荡剑客，狂傲不羁。"

主持人表示赞同，随后又问："那经过你们多年的交往，您对他的现印象是什么呢？"

杜甫把视线从李白身上移开，盯着摄像头想了想："其实太白是个表里如一的人，我对他的印象也没有什么变化。如果非要说有哪里不同，那或许是他没有我想得那样什么都不在乎，他受到打击后也会郁郁不得志。"

"其他便没什么不一样的地方了。从始至终，他都是挂在我心头的月亮。"

杜甫眸色深沉，说得很慢，也很真诚。

"纵使大唐繁华美丽如斯，我也觉得配不上他。"

主持人叹息一声："真是情真意切啊。"

随后把话筒递向合目的李白。

"太白？"

李白徐徐睁开眼，一副刚才什么都没听到的样子。他接过话筒，只是不知为何眼底却有笑意。

"您对杜甫的初印象是什么呢？"

李白抬起左手喝了一口茶，简短有力吐出两个字："迷弟。"

主持人看向杜甫，杜甫默默点点头，表示是真的。

李白将视线投向远方，似乎在回忆："那时候啊，杜甫还是个活泼热情的小伙子，家境也不差，我成天带着他和高适寻仙问道。欸？说起来高适……"

杜甫的脸隐隐泛出绿光。

主持人："那个！您对杜甫现在的印象是什么呢？"

李白摇了摇头，啧啧发出几声叹息："忧国忧民小老头。"

"如此形容……"主持人尴尬了半天，"难听但是实话。"

李白却不以为意继续道："不能所有的诗人都在天马行空地浪漫，总要人背负苦难，把街头巷尾的声音和斑斑历史的血泪融进生命，再落于笔下。这个过程很痛苦，没有几个人承受得住。"

"我很敬佩子美，他配得上诗史之名。"

杜甫猛一吸鼻子，瘪了瘪嘴："太白，你懂我！"

李白还是那副不羁的模样，站起身来："不说了，我得找孟夫子钓鱼去了。"

杜甫愣住，回过神来："你就是为了和他一起玩！这鱼我不吃了！"

李白拍了拍杜甫肩膀："别生气，他们都只是哥的过客。"

策瑜

李杜下场后，一位气质温润如玉的男子走了进来。

他一身素色白衣，衣摆若流云，墨发被玉冠高高束起，整个人清冷又柔和。

紧接着，另一位高大俊美的男子走进了直播间。

他手拿霸王枪，银甲披身，剑眉星目，眼神凌厉得宛如刚从修罗场回来的死神，一众工作人员被吓得齐步后退三米。他见众人皆瑟瑟发抖，忽然叉腰大笑起来，脸上皆是少年恶作剧成功的得意。

主持人连忙起身迎接："欢迎我们的最后一对知己，策瑜！"

两人齐齐落座。

主持人瞄了瞄孙策手中的枪："要不策哥先来？"

周瑜清风霁月地伸手一让。

"策哥对您知己的初印象是什么呢？"

孙策挠头想了想："很招小姑娘喜欢，琴弹得好，还有……"

孙策往周瑜那边坐了坐，弯着眼睛笑道："长得很好看。"

主持人看着周瑜，忽然话锋一转："那您对策哥的初印象是什么呢？"

周瑜垂着温和的眸子，仔细回忆了一下："很狂的家伙，有野心。比喻起来……像一只小老虎。"

孙策正色纠正："猛虎。"

主持人一脸笑意，又问道："那您对策哥的现印象如何呢？"

周瑜修长的手指抵住下巴，一下一下地轻敲着道："知人善任，有勇有谋，他的实力配得上他的野心。"

周瑜抬头看了一眼孙策，认真道："我知道他很勇猛，亡于他手下的敌军不下百千，但他却是我见过眼神最清澈的一个。"

主持人若有所思地点点头，随后又把问题抛给了孙策。

"策哥对周瑜的现印象如何呢？"

孙策本以为随便说说就好，没想到周瑜会答得这么认真。他微微一怔，也敛起了笑意。

"周郎他……"

孙策的食指扣着霸王枪的枪身，细细斟酌着用词。

"别人都说他小气，可他分明豁达大度。看起来柔弱，但内心坚强无比。虽然总是云淡风轻的样子，可肩上的担子比谁都重。"

孙策字字掷地有声。

"他是东吴真正的英雄。"

「故人入我梦，明我长相忆。」

知音之交

文 / 明戈

◆ 淳朴乡村艺术家钟子期 ◆
×
◆ 清冷天才琴师伯牙 ◆

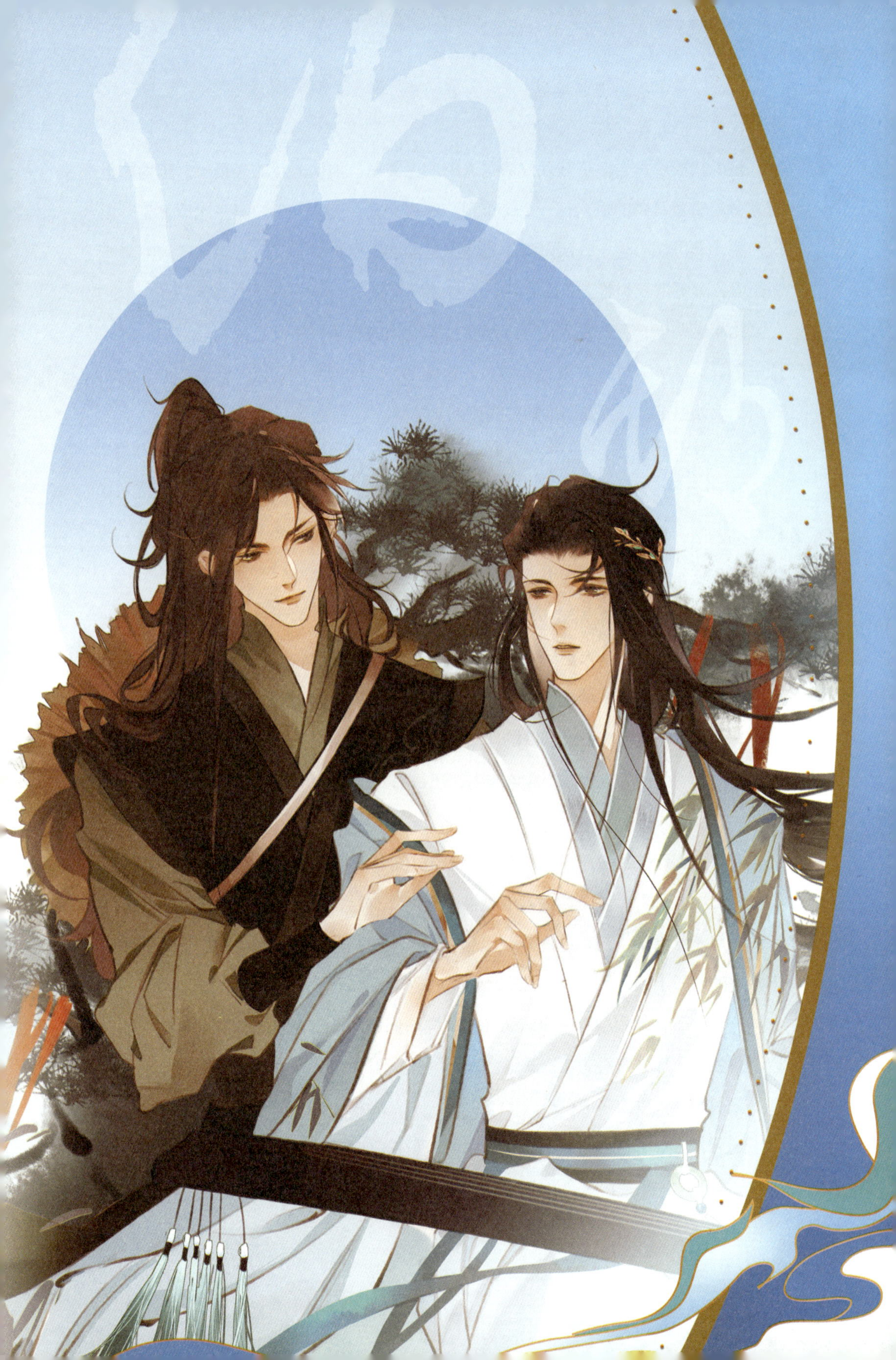

八拜为交

我是一把瑶琴，名叫凤尾寒。

虽说我很珍贵，但那些来拜访主人的座上宾里，能认出我的人极少。因为这世间大多是目盲耳聋的俗人，一个个都自称高雅之士，因为一句"君子之近琴瑟，以仪节也，非以慆心也"，所以琴不离身，总会装腔作势拨弄几下。可那琴声呕哑嘲哳至极，难听得我都想上去抽他们。

比起这些人，我的主人伯牙才是实打实的谦谦君子，不仅品行高洁，琴技还一顶一的好。除此以外，主人还帅得"一塌糊涂"，用钦慕他的人的话说，伯牙朗如日月，面如白玉，气质如遗世独立的孤鹤。

有才又有貌，你说气人不气人？

当然了，我不是因为他现在是我主人就闭眼瞎吹。不谦虚地说，我也是一把见过世面的琴，能让我效忠的绝非凡人。许多年前，尚还年少的主人不过在我身上轻轻拨了几弦，我便感觉到这个小孩有点东西，日后肯定不一般。

后来我便陪着主人练琴作曲，被他带着去拜师成连，还去过蓬莱山找仙师。就在这座仙山上，主人从大自然中领悟了音乐的真谛，彻底打通了任督二脉。

自那以后，主人的琴技从绝佳变成出神入化。要说好到什么地步？

——"伯牙鼓琴，而六马仰秣。"[1]主人在马匹前面演奏，马都能听得忘记吃饲料。所以对牛弹琴弹不通这事儿不应该怪牛，还是那人技术不行。

随着主人琴技越来越好，我的灵性也与日俱增，和他愈发心意相通。

这日主人练琴，我一如往常地凝神看着那张帅脸，任由他在我身上奏出美妙的乐曲。可不知怎的，这乐曲逐渐悲凉起来，主人墨一般的眉毛微微蹙起，伴随着上下翻飞的修长手指，我心中几欲随之哭泣。

一曲终了，他白净的手没有像往常一样珍惜地从我身上抚过，而是悬在空中迟迟没有放下。那张好看的脸也低低地垂着，鸦羽般的睫毛覆住了眼睛。

我很疑惑：主人……在难过些什么？

随后，主人站起身来，推开琴房的木窗。现在正值冬季，外面万山载雪，林漏月光。

---

[1] 出自荀子《劝学》。

主人久久凝望着，半晌后唇畔轻声逸出几个字："可有君知我？"

我琢磨了好几个时辰这句话是什么意思，最终无果。

时光飞逝，转眼到了三年后。

主人作为上大夫，奉晋王之命出使楚国。而我作为他的心爱之物，自然被他带在身边。

这日舟行江上，本来月明风清，风景如画。可不知怎的，突然间狂风大作，不出几分钟便大雨如注。此时船正行至汉阳江口[1]，一时昏天黑地，浊浪滔天。船身激烈摇晃起来，惊叫声不绝于耳。

主人第一时间找到我，将我紧紧抱在怀里。船夫奋力控制住方向，将船驶向最近的山崖下，打算先暂时停泊在那里。大约过了半个时辰，风雨逐渐停息了。随着乌云散去，夜空中的雨后明月皎洁无比，其光倍于平常。

主人换了一身干净衣服，坐在我身边，抬眼看着江上美景。周围静悄悄的，除了篝火的"噼啪"声，一切都宁静无比。

他把我从锦囊中取出，细细检查了一番有无伤痕，随即调弦转轸。

我知道，主人这是要奏曲了，于是我抖擞精神。

主人十指轻拢慢捻，拨弦如撩起一汪春水。我正入神地陶醉在琴声里，忽然，我感受到暗处投来的一束目光，那目光灼灼烫人。由于被视线紧盯，我浑身不适，弦瞬间绷紧。

"铮——"

随着一道刺耳的声响，琴弦断了一根。主人眸色一冷，瞬间将手指覆于其余弦上，琴声骤止。他用食指勾起我身上断弦，口中自语："这次断弦实在异常，其中定有诡异。瑶琴许是感受到了什么……是有其他人在吗？"

"烦劳问您一声，我们现在身处何处？"主人转头问向船夫。

船夫向四周望了望："回大人，是荒山，并无人家。"

"既非城郭，那断不是盗听吾琴的好学之人。毕竟荒郊野岭，哪有听琴之人？"

---

[1] 伯牙与子期相遇地点有"泰山说""浏阳说"等不同说法，此处取"浏阳说"为准。

主人将头微微仰起,似乎意在将声音送到崖边,"想来定是来寻仇的刺客,或是劫财的盗贼。"

主人声音清冷。话音刚落,崖边传来一阵窸窣声。左右的下人们会意,纷纷气势汹汹起身,打算去崖上抓人。忽然,一道男子声音从崖上传来。

"慢着。"

左右下人都有些吃惊,因为那声音清冽好听,和主人像极了。不过我作为一架古琴,耳朵自然比旁人尖了许多,能分辨出不同之处。

若说两人声音都似溪水,那主人便是乍暖还寒冬末时静林深处的冷冽山泉,透着一股子生人勿近的意味。而这人的声音更像炽热盛夏时繁茂密林间流过的溪水,活泼得叮咚作响。

"公子无须生疑,在下并非什么奸盗之辈,不过是来此打柴,又忽闻公子琴声不凡,所以入神欣赏了一会儿。"

主人抬眸,向崖边望去。可那人的身影本就在高处,又大半被杂草掩盖,所以此时只能看见一个斗笠尖儿。主人想了想,不由嗤笑一声:"打柴的樵夫也敢说'赏琴',这话听来未免太过好笑。罢了,与你口舌争这真假实属无聊,随便你怎么说吧。"

主人垂下头,专心修起我的琴弦来。那崖上的人听见主人的话,似乎有些不乐意了。斗笠尖直晃,那人像在生气跳脚:"你没听过'门内有君子,门外君子至'吗?你先入为主地觉得荒野之处没人懂琴,那我还说这夜深人静时,不可能有人弹琴哪!"

主人听见后,手上动作微微一顿。那人许是见噎住了主人,声音又欢快起来:"你这深夜荒山的琴师,是人耶?是鬼耶?"

竟敢打趣主人,我有些生气。可主人好像并不在意,反而淡淡笑了一下,直起腰朗然开口:"这位崖上所至的'门外君子',既然是'赏琴',那可否说说我弹的这是什么曲?"

那人哼笑了一声,帽尖向后一仰,不用看人都能猜出定是高高昂起了头。

"我要是不知道,就不来听琴了。你弹的是《孔仲尼叹颜回》,其词为'可惜颜回命蚤亡,教人思想鬓如霜。只因陋巷箪瓢乐……'可惜刚到这一句,你琴弦就断了,第四句'留得贤名万古扬'尚未奏出。"

听到那人回答，我倒是一惊。往日里那些所谓的赏琴之士，听不懂主人所弹何曲的出糗时刻，我不知见了多少。没想到这个樵夫竟然能……我向主人望去，只见他眼底骤然划过一丝喜悦，朗声开口道："君果非俗士。"

那人冷哼一声。

主人又道："我们相隔甚远，谈话多有不便，何不上船来？"说罢，主人示意下人掌跳板。

那人倒是迟迟不回话。主人声音有些失落："先生不愿？"

又过了一会儿，那人说话了："好，我倒要来看看你究竟是人是鬼。"

月光流银泻玉，主人一袭珍珠白竹纹锦袍，端端站在船头，等着那人。因为方才头发被雨淋湿，现在没有束起，正随意散在肩头，清冷又贵气。江面宽阔，明月皎皎，可这绝美的秋月江景竟全然成了主人的陪衬。

我正出神望着主人时，山崖处一身形颀长、头戴箬笠、身披蓑衣、脚穿芒鞋的男子阔步走来了。那箬笠遮住了他的眉眼，只露出高挺的鼻梁与两片薄薄的嘴唇，还有棱角分明的下颚线。

他的步伐很沉稳，手持尖担，腰插板斧，一副标准的樵夫打扮。月亮高悬在他身后，不知怎的，他竟像刚从那月中伐桂树归来，身上带着一股凛然又野性的气质。

很快，男子走到了主人面前，与他仅隔一步。我看清了男子的脸，两条飞扬的眉毛斜飞入鬓，眼睛晶亮。与主人羊脂玉般白皙的皮肤不同，他的肤色是健康的小麦色，箬笠下头发也扎得不齐整，耳边凌乱散落着好几缕碎发。

周围下人见男子果真是个粗野樵夫，不由十分鄙夷，斜眼怒声道："见我家老爷为何不叩首？"

男子却是忽然将脸靠向主人，打量着眨了眨眼，嘴角噙着笑意："原来确实是人，还是位大人。"

左右下人见他还不下跪，正要气势汹汹地再开口，男子倒是先说了话："何必着急，待我解衣相见。"说罢从容不迫地将他身上的斗笠蓑衣、尖担板斧一一卸下，而后后退一步，面对主人深深长揖，就是没跪。

"大人，施礼了。"

"喂！你！"下人瞋目。

主人清风霁月地一挥手，打断了他们："贤友免礼。"

那人直起身来，朝着下人故意一挑眉。两人随后落座，主人没有说话，可我能感觉到他心中并不安稳，平时主人很少有这种情绪。那人见主人不说话，也不局促，东瞧瞧西看看，坦然无比。

半晌后，主人微微清嗓，略带犹豫开口："方才可是你在崖上听琴？"

连我都听出来这是句废话。那人微微一颔首，算是做了回答。主人的手从我身上掠过，想了想又问那人："你可知这张琴是何琴？"

正当那人要回答时，船夫过来了："大人，风雨停了，继续赶路吗？"

主人摆摆手："不急，明早再说，你们都退下吧。"一干人等都离开后，主人又将视线投向那人，继续等他作答。

那人无所谓地轻松一笑，眸子又弯又亮。

"大人，我讲话可絮烦，不怕误了行程？"

主人的视线随琴弦向右延伸出去，随后温柔地落到我身上。

"只怕你言之无物。若说得有理，这官不做了又何妨，还在乎误不误行程吗？"

那人听后，眸子倏地眯起来。他歪头看向主人，眼神里满是惊讶："你这位'大人'倒和其他做官的不一样。好，那我就细细说来。"

那人站起身来，负手慢悠悠地踱步。

"此琴乃伏羲氏所琢，见五星之精，飞坠梧桐，凤凰来仪。凤乃百鸟之王，非竹实不食，非梧桐不栖，非醴泉不饮……取起阴干，选良时吉日，用高手匠人刘子奇斫成乐器。此乃瑶池之乐，故名瑶琴……总之，清奇幽雅，悲壮悠长。此琴抚到尽美尽善之处，啸虎闻而不吼，哀猿听而不啼，乃雅乐之好处也。"[1]

那人语毕，我感受到主人心中起伏不定，赞叹中又有一丝担忧。我不解，这人已比其他人强上百倍，主人在忧虑什么？

---

1 出自冯梦龙的《警世通言》。

"当年孔仲尼鼓琴,见猫捕鼠,情绪随之而动。而这贪杀之意却流露在丝桐之中,被门外的颜回所察。"

随着主人的话,我心下了然。原来他是怕这人只背书面乐理知识,并不是真正懂琴之人。那人也听懂了主人的弦外之音,站到我面前,伸手指了指我:"'他人有心,予忖度之。'大人既然有疑,何不试上一试,看我能否听出大人此时的心境?"

我不由有些想笑,多少座上宾想凭重金让主人抚琴一曲,可主人从未答应过。他一个樵夫,主人费力气试他作甚?我正鄙夷着,主人竟真的撩袍坐到我面前,双手飘然划过琴弦,演奏起来。

琴声响起,音阶层层攀升,其势愈发宏大,如攀登高山。偶有清脆的几声单音掠过,宛如林梢受惊飞起的野鸟。随着琴声昂扬到极点,忽地柔婉开阔起来。清风、薄雾、淡云、满目苍翠……这是山顶的景色。

我跟随着主人脑海中的画面,放任身上流淌出崇山峻岭之音。

一曲终了,主人抬眸看向那人。那人似乎全然沉浸在琴声中,久久不能说话。

呵,怕是听不出个所以然,不敢说吧。我正暗自嘲笑着,那人忽然把眼睛睁开:"美哉洋洋乎,大人之意,在高山也!"

这……这怎么可能?我愣住了。

我是一把与主人心意相通的古琴,按理说只有我才能知晓主人琴声的含义,怎么这偶然碰见的荒野樵夫能听懂主人琴声?主人凝望着那人的眼睛,眼底闪过不可置信。主人再次将双手搭在琴弦上。如水的琴声从主人指尖缓缓流淌出,如涓涓细流。水中有游鱼摆尾,倒映的树影婆娑。水声渐大,溪流入江,江水滔滔,翻涌起阵阵春潮。

曲毕,那人长叹一声:"美哉汤汤乎,志在流水!"

我从未感受过主人心跳如此之快,仿佛浑身的血液都在骤然奔涌,炽热滚烫,与那日冷观霜雪的孤寂截然不同。

可有君知我。我脑海中忽然浮现起这句话。难道说主人那时的意思……是知己难寻?

主人急急握住了那人的手:"我叫伯牙,先生是……"

那人粲然一笑。

知音之交

"子期，钟子期。"

圆月倒映在明澄澄的江面上，船内烛火摇曳，两人促膝而坐。我静静呆在一旁，听着他们对话。

"恩德相结者，谓之知己；腹心相照者，谓之知心；声气相求者，谓之知音。"主人感慨道，随即又问钟子期，"子期，你不像囿于樵牧之人，天大地大，何不立身廊庙，做一国栋梁？"

钟子期抬眼看向山崖方向，悠悠道："我家中二老年迈，高官厚禄不足以抵过他们的养育之恩。"他低下头去，而后又想起来什么似的抬眸，烛火在他眼里跳跃，"不过我在这'集贤村'过了二十余年，待日后二亲不在了，我倒是真想去游历各地名山，享受一下自由畅快的日子。"

"你喜欢高山？"

"对。"钟子期点点头，"能在云中远眺，想想便快意。等我也不在时，定要葬在高山上。这样便可终日以浮云为伴，与瀑布流水相和。"

钟子期语毕，主人抚起琴来。

高山流水，渊渟岳峙。

伴随着主人荡过三千秋水、时而高亢时而温柔的琴声，钟子期闭眼同步描绘着画面。主人嘴角带笑看着他，仿佛在看世上另一个自己。后来两人时而饮酒交谈，时而谈论琴曲，一夜的时间过得飞快。

不多时，东方露白。

船夫水手从熟睡中醒来，整理完毕篷索，等候主人下令开船。

主人斟满一杯酒，递给钟子期："相识太迟，相别匆匆，不如你再与我一同泛舟几日？"

钟子期接过酒，豪迈地一饮而尽，而后笑着对主人亮了亮杯底，穿上自己的蓑衣，戴上斗笠走下船去，帮船夫解了锚绳。

船缓缓驶动，钟子期潇洒挥了挥手："知己一杯酒，伯牙是身留，是心留？"

钟子期笑容明朗，像江面上蓬勃而出的朝阳。主人听罢，也释然地笑了，举杯敬向钟子期的方向。

"明年中秋月圆夜，尚在这荒野崖下，我们再聚！"

……

船渐渐远去了，浪声阵阵。

钟子期高声说了句什么，我们没有听清。

这一年间，一向波澜不惊、心静如水的主人仿佛换了个人。

"那日浪大，子期不会没听见那中秋之约吧？"

主人常练琴练至一半，就这样皱着眉头自言自语，有时又会谱些新曲，低声嘟囔着下次弹给子期什么的。

由于和主人同心，我也连带着觉得度日如年起来。不过我并不讨厌这种感觉，对比起主人以前的落寞孤寂，现在他眼里倒是闪着期盼的光亮。

终于，中秋又至。

主人早早便去禀了晋主，称八月十五前后告假还家。而后又提前数日，乘船走水路，再次前往去年避雨的荒崖。明月如白玉盘挂在夜空中，主人赶到时正是八月十五。星子莹亮，水波粼粼，岸边小路旁的野草似乎被清理过，倒是比去年整洁了。

无奈主人等至夜深，也未见钟子期的身影。

"许是子期认不出我的船，待我抚琴一曲，他定会出现。"

主人调弦转轸，合目鼓琴。忽然，我与主人同时感受到一道目光。

主人唇畔染了笑意，望向岸上，学着钟子期高声打趣："小径旁的来客，是人耶？是鬼耶？"

岸上没有回话声。主人示意下人去查看，可他们都回禀岸上无人。主人眼神暗淡下去，继续抚琴。可他一连弹了几个时辰，依旧不见钟子期。

船夫见状上前来劝："大人万要爱惜贵体，这樵夫都是粗鄙之人，哪懂得守诺这种事儿？说不准他都不住在此地哩。"

主人像没听见似的，固执地继续弹着，直至天色微明。

我只觉奇怪。我分明感到岸上一直有人看着，却莫名不见人。除此以外，我还隐隐生出一种伤感情绪。正想到这儿，琴声陡然随我变化起来。主人耳尖一动，双手猝然停住。

"商弦，哀声凄切……"

"不对，子期必遭忧在家，我要上崖去探望！"

主人回来时面色惨白，失魂落魄，旁边还跟着一老者，面容神似钟子期。他回到船上抱起我，而后回到岸边小路，颓然无力地跪倒在地。

我抬眼看过去，面前竟是一座新坟。

主人伸出手指摸着那粗粝的土，泪如雨下。那老者叹了一口气："子期白日辛苦采樵，夜间挑灯读书。身体不堪劳累，染成怯疾。他临终前，特意叮嘱我和他娘，说不要葬在高山上，埋在这江口的小路旁即可，他说有位叫伯牙的人约他八月十五在此相聚。"

"他要在这儿等着，不可食言。"

陡然间，一阵透骨钻心的哀痛向我袭来。我与主人同感，想必他现在也是悲痛欲绝。我突然忆起昨夜那道目光，现在想来，或许就是赴约的钟子期吧。

他们隔着浅浅的江岸，隔着一阴一阳，相聚在那轮圆月下。

主人弹了一夜，子期也听了一夜。主人头发散乱，白色的锦袍也沾了泥土。他强撑着坐起来，将我从锦袋中拿出。当他双手搭在我弦上的那一刻，我真实地感受到了他的哀恸。方才我所有覆顶的悲伤，竟不过他的十分之一。

秋风萧瑟，鸿雁哀鸣。

伴随着整座荒崖的纷飞落木，主人颤抖着十指，对着墓碑再次奏起那曲《高山流水》。他的墨发随风飘舞，泪水从脸颊不断流下，琴声悲怆凄凉。我只觉自己喘不过气，几欲溺亡在他的哀伤中。

主人的指尖沁出殷红的血，可他像感觉不到疼一般。鲜血随着指尖的抬起落下，点点滴落在我身上。

最后，随着如裂帛般的终响，一曲结束，主人痛苦地闭上眼。

他拿出衣夹间的解手刀，抵住我的琴弦。

我是一张瑶琴，名叫凤尾寒。

虽说我很珍贵，但能听懂我的人极少。

噢，有个人除外，他非富非贵，是个普通得不能再普通的樵夫。

"摔碎瑶琴凤尾寒，子期不在对谁弹。春风满面皆朋友，欲觅知音难上难。"[1]

在主人割断我的琴弦，将我摔得玉轸抛残、金徽零乱前，我已经有所预感了，可我并未觉得害怕。

我是主人最心爱之物，与他心意相通，承载着他的一瓣灵魂。

——既然知己死了，那我也该死了。

汉阳江口寒波澹澹，白鸟悠悠，商船往来繁忙，一切都和昨日没什么不同。

在主人断断续续的悲哭中，漫漫暮色降临，我的意识逐渐趋于消亡。

模糊中，我看到主人身侧站着一位头戴斗笠、身披蓑衣的男子，正用他那双大手温柔地轻抚主人肩头。

……是钟子期吗？

我用最后一丝力气哼起那曲《高山流水》。

那人对主人笑了笑，笑容灿若朝阳。最终随我一同消失了，就像水消失在水中。

凉风乍起。是春风，是秋风，总无凭据。

半杯薄酒。是身留，是心留，何人评说？

【知己留音】

---
1 出自冯梦龙的《警世通言》。

管鲍之交

文/明戈

阴暗深沉偏执狂管仲

×

温润强大白月光鲍叔牙

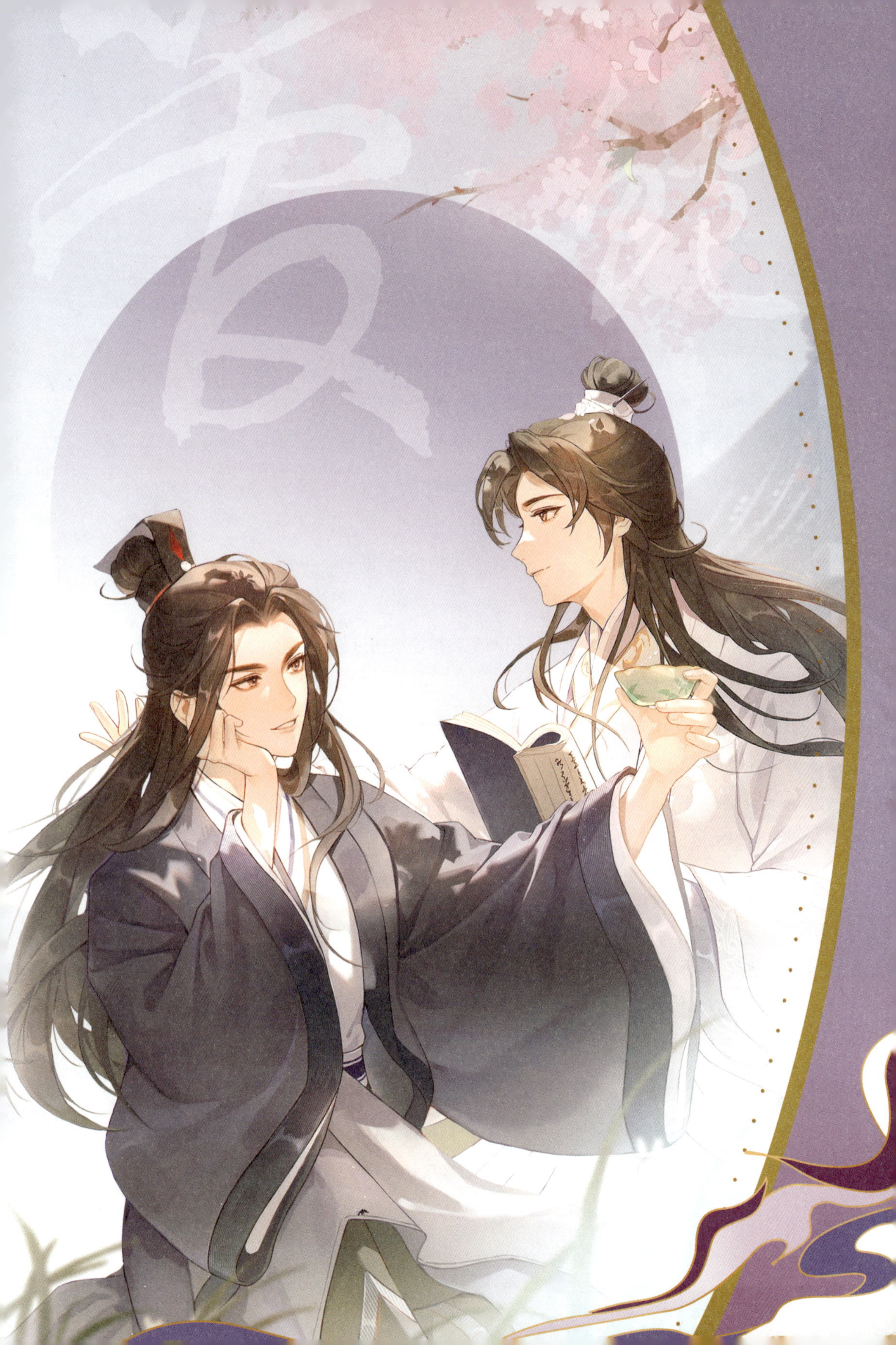

八拜为交

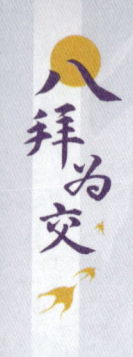

人生最大的痛苦是什么？

人死了，钱没花了。

比这个更痛的是什么？

人还活着，钱花没了。

——我是管仲，正在遭遇这灭顶之痛。

"说实话大哥，本来我家境不差。我是周穆王后代，父亲管庄还是齐国大夫。无奈家道中落……我如此风餐露宿创业，就是想有朝一日，复兴家业啊！"我眼眶微红，情真意切道："这镯子原本卖十刀贝，八刀贝真不能再少了！大哥，我就赚个辛苦钱，这都是以成本价卖给你的。"

我站在摊前抹了把眼泪，乘胜追击。

客人连连叹惋，大手一挥："好！就十刀贝，助力每一个梦想！"

"好嘞大哥！我给您包上！"

我笑开了花，连忙收了钱，把镯子装布袋里递过去。正当交易圆满结束时，道路尽头传来一声怒吼，还有数声犬吠。

"抓住那个卖货的！他那假镯子一刀贝八个进的货！别让他跑喽！"

眼前大哥看了看手中布袋，怒目圆睁："你！"

我眼疾手快包起没卖完的镯子，扔下一句"大哥人美心善，有缘再见！"，随后一溜烟儿地跑了，镯子在身后叮叮当当掉了一地。

石路曲折。

我正落荒逃跑时，一只手忽然从侧面伸出，拉住我衣领，猛地把我拽进小巷。我脚下一趔趄，险些撞到墙上，眼前出现一白衣男子。这男子眉眼温和，嘴角挂着笑容如清风朗月，正是我的死党——鲍叔牙。

"又被人撵了？"鲍叔牙松开我衣领，背对我挡在巷口。

我一拂袖子，从他身侧探头看了看身后是否还有追兵，而后大口喘起气来。

"这厮竟然放狗！真是够可以的……看来我又要换地方了。"

鲍叔牙眼睫微垂，微微侧头道："管兄若是诚信经营，岂会被撵？"

我一脸恨铁不成钢的模样："鲍兄，无商不奸啊！这还用我教你吗？"

呼吸平复后，我拍了拍鲍叔牙："来，分赃。"

为了赚钱，我们合伙做了这一桩买卖。每月末，我们都会把各摊铺收益汇总后再分配。我背过身去数了数几个袋子里的钱，随后拿出一些递给鲍叔牙："来，你的。"

这是我们一贯的分成。我悄咪咪地拿大头，他拿小头。他从没发现过，更没提出过异议，我自然也不会傻到主动问。

我刚分完钱，一旁算卦"瞎子"的大黄狗忽然叫了几声。我被吓了一跳，"瞎子"悠悠地开口："偷拿七成利，你那朋友可知？"

鲍叔牙眉间忽然皱起，我心道不妙。完了，被发现了。只见鲍叔牙微微抬手，葱白如玉的指尖竟夹着几枚钱，递给了我。

"这是？"我不解。

"无须三七，二八分成便可。管兄家中有老母需要赡养，用钱地方比较多，岂有'偷拿'之说？"

鲍叔牙声音坦然又坚定，似在说给我听，更似在说给那卜卦人听。

我嘴角微微抽动，尴尬地接过钱。

"谢……谢鲍兄。"

大黄又吠了几声。

卜卦人安抚着狗，低头对它说道："你虽不是人，但他是真的狗。"

虽说这件事是我欠鲍叔牙的，不过没关系，来日方长，总会有机会还。

但经商不易，生意彻底凉了以后，我又开始琢磨起用别的手段复兴家业。没错，赚钱是真的，但想光宗耀祖也是真的。躺平是不可能躺平了，这辈子我不混出个名堂，我就不姓管。

此时正值卫国和我们齐国打仗，我灵机一动便有了主意。若是能在战场上建功立业，何愁没有高官厚禄？于是，我头也不回地参了军。

作为我的死党，鲍叔牙自然也被我顺利拉入伙。

贴地的马蹄声震耳欲聋，黄沙滚滚尘土飞扬，战士们的刀剑寒光四射。在冲天的号角与搏命厮杀里，一股鲜血溅到我脸上。我胸中不知何物在涌动。在我发出一声怒吼后，我手提长枪，头也不回地跑了。

"去他的建功立业！保命要紧！"

不知过了多久，大部队陆续回来了。我在其中焦急张望，终于在人群中看见了那张熟悉的脸，由此松了一口气。听其他战士们说，鲍叔牙表现十分不错。我看着手中长枪，暗自下决心，下次一定不跑了。

三日后。战场上，卫国将士一刀向我劈来。

"告辞！"

我跑得比马还快。

军营中烛火摇曳，我气得直拍自己大腿。我就不信了……再一再二，还能有再三？

敌军马蹄如雷。

"救命啊！"

行吧，有再三。

由于我的惜命表现，我成了军队里的笑柄。

人家都是不死不归，我是怕死速归。这日我被围到营帐里群嘲，我无力争辩，只得默不作声听着。其实我并不在乎别人说什么，骂便骂，我又不会掉块肉，且未来成大事者，必定是要保住小命才能成大事。正当我不耐烦地挠了挠耳朵，鲍叔牙忽地一撩营帐帘，大踏步走进来，脸上是我从没见过的怒意。

他站到我身侧，挺拔如松，却不露声色地用肩膀将我推至身后。

"你们皆骂管仲临阵脱逃，却不知他家中有老母待他侍奉！"

"若他战死，奈其母何？你们如此不分青红皂白，孝心何辜？"

战士们面面相觑，支吾不语，而后纷纷作罢离开。鲍叔牙回身与我相对而立。他脸上怒意散去，换作我熟悉的温和神情。

"管兄，你的苦衷我都知道。你不愿解释的，我来帮你解释。"

我怔了怔，竟半晌说不出话来。

纵然有鲍叔牙替我解释，国君也不是没有脑子。自这以后鲍叔牙当上了齐国大夫，而我当了几次官，皆被罢免。折腾许久，归来仍是名不见经传的一个小人物。

我时常捶胸哀叹："可怜我这一身才华，竟无处施展！"

对此，鲍叔牙屡屡安慰我："管兄，万万不可因这挫折灰心。我知你雄才伟略若明珠，终有发光一日！"

好吧，我这位死党的确是本性纯良，待友至真至诚。可我深知，真诚的友情在历史命运的波澜面前，不过螳臂当车。不论这份情谊有多厚重，面对人力不能及的海浪，终会被拍散分离。

落在岸上的人还好。

落在海里的，不会有什么好下场。

公元前698年，齐僖公去世，我有幸辅佐他的儿子公子纠，而鲍叔牙则辅佐他的另一个儿子公子小白。

好日子没过两天，齐襄公一即位就捅了个娄子。他和自己的妹妹、鲁桓公的妻子通奸，被鲁桓公抓了个正着。齐襄公怕此事败露，便命人将这位鲁国君主杀死。

齐襄公如此荒淫无度，心狠手辣。我心下暗想，齐国怕是要变天了。于是我凭着在战场上练出来的一身好功夫，带着公子纠撒腿就跑，躲到了他母亲的娘家鲁国避难。随后，鲍叔牙也带着公子小白前往莒国避难。

公元前686年，齐国内乱。

齐襄公被堂兄弟公孙无知所杀，不出一年，公孙无知又被之前得罪过的雍廪所杀。齐国陷于无主的大乱之境，未来君主注定要在流落他国的公子纠与公子小白这两位候选人之间诞生。在这场生死时速中，谁先赶回齐国，谁便几近于直接称王。

而落后的一方，必然面临尸骨无存的境地。

星霜荏苒，居诸不息。弹指一挥间，我与鲍叔牙已足足十二年未见。这十二年能改变些什么呢？

曾经的披心相付，如今各为其主。

管鲍之交

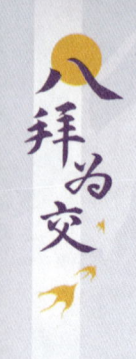

鲍叔牙亲自为公子小白驾车奔赴临淄，可此时我早已手持弓箭埋伏在路边。

在弓弦与箭尖的夹角中，我右眼微眯，那道驾车的身影翩然而至。

骏马疾蹄，我看不清他的脸，只能看清那白衣纤尘不染，一如往昔。

我向门帘飘起的车内瞄准。

"嗖——"

箭矢擦过高高扬起的马蹄，飞快没入车内。车队停住了，我看不清车内情况，只闻哀哭声响起。

鲍叔牙下马查看完，向我的方向连连快走几步，双手握拳，细长的眉毛微蹙，四顾张望。我连忙低下头去，伏在草丛间，隐蔽身形。

公子小白已除，我带着公子纠慢悠悠向齐国行去，用了整整六天。

结果当我们一行人到达齐国时，公子小白竟已经称王。原来我那一箭并未射中小白，只射中了他身上的铜制衣带钩。他趁势诈死，骗过我与鲁军后，在鲍叔牙陪伴下直入临淄，即国君位。

鲁庄公得知消息后勃然大怒。此时我与公子纠皆处鲁国，公子纠作为棋子尚有一用，我则是导致大计失败的原因，结局是显而易见的。

正当我静待赐死，命运却出现转机。

大夫施伯和鲁王说我有慧，任用我可以弱齐。如果我心忠齐国不接受，届时再把我杀了，也可美称为替齐国除掉叛徒，以示友好。[1] 我听后却只想苦笑，没想到有一日我竟沦为棋子。

忽然，一封加急书信送入宫殿。

原来是齐桓公遣书鲁庄公，让他把我这个"叛徒"活着交还齐国。因为齐桓公恨我入骨，必要生杀我。

等等……

杀我又何须生擒手刃？这……难道是有人在施计救我？我脑中出现了那抹白衣身影。

---

[1]《管子·匡君大匡》：夷吾受之，则彼能弱齐矣；夷吾不受，彼知其将反于齐也，必将杀之。

但此时大夫施伯却直言齐国要我不是为了报仇雪恨，而是为了任用我为政。比起以后成为大患，他们决定将我杀掉，把尸首送还回去。

我身为阶下囚，被押至朝堂跪候发落。千钧一发之际，下使来报——齐国大兵已然压境，只待送我还国，再言退兵。

施伯见状明白了一切，无奈摇了摇头。

"今若杀之，此鲍叔之友也，鲍叔因此以作难，君必不能待也。"

——这人是鲍叔牙的朋友，我们不能杀他。否则日后鲍叔牙因此与鲁国作对，我们承受不了。

就这样，我被毫发无损地送回了齐国。

回到齐国后，我知晓了事情的原委。齐桓公登位后，确实是想杀了我泄愤，任恩师鲍叔牙为相，没想到鲍叔牙却激烈反对。

"君且欲霸王，非管夷吾不可。夷吾所居国国重，不可失也。"

——若您想称霸诸国，必须任用管仲，他不能死！

因此，我这个"叛徒"被设计接回，齐桓公又择良日，大礼相拜请我为相。经此一事，齐桓公与鲍叔牙皆得美名，人人皆说他们不计仇怨，任人唯贤。

是夜，月色明。

我一人坐在亭中独酌，回忆着白天的一切。我手指微抖，似乎在惊惧命运的大起大落。

"管兄。"

一道久违的声音从身后传来。我转头看去，月光泼地如水，那人浸在月光中，濯濯如新出浴。

我拿起酒杯的手顿住，嗓音一哑："好久不见。"

鲍叔牙撩袍拾级而上，坐到我对面，面容一如十二年前那般温润如玉。

"怎不叫我同饮？"

他嘴角带笑，为自己倒了一杯酒，随即同我悬在空中的杯撞了一下。声音清脆，

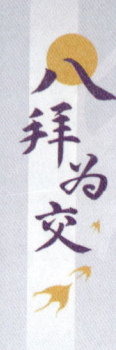

像那年我碎落于地的镯子。

我鼻尖泛酸，清嗓强压下去，故作云淡风轻："鲍兄……不在意那一箭？"

鲍叔牙却是用他那双黑白分明的眸子望着我，语气不容置喙："管兄在说什么？你那时一箭不过是蒙蔽鲁庄公的计谋。你若真想杀小白，怎么不让武将动手？缜密如你，又为何不检查尸首？更不用说后面用了整整六天才到齐国，不都是在给我时间辅佐齐桓公上位吗？"

我呆呆看着那熟悉的双眼，澄澈月光下，其中映出了我自己的模样。

半晌后，他忽地笑了出来。

"不愧是鲍兄，竟得知我心中想法。"

鲍叔牙同样笑了笑，随后饮尽杯中酒，抬首望向夜空。

"我猜到鲁庄公定会取你性命，不过有我在，怎么会让你死呢？你还未实现建功立业的理想，也还未去那高处看看。"

清风吹来，拂起鲍叔牙鬓角的碎发，将它轻轻搭在他高挺的鼻梁上。他语气又轻又缓，我的心却像被千斤巨石猛然击中。

为相后，我尽心尽力辅佐齐桓公。对内"国多财则远者来，地辟举则民留处，仓廪实而知礼节，衣食足而知荣辱"，对外"尊王攘夷"，九合诸侯，北击山戎，南伐楚国，挟天子以伐不敬。

当然，其中也不乏一些尔虞我诈的卑鄙手段。在齐国富庶的国力与强盛的兵力下，各诸侯国莫有不服，齐桓公成为"春秋五霸"之首。而我作为齐桓公的"仲父"，更是被周襄王要以上卿礼仪设宴庆功。

这是何等殊荣。自此，曾经那个名不见经传的小人物，终于闻名全国。虽然其间仍有不少骂声：什么我有才无德，毫无诚信，贪生怕死……

"没关系，我已经在山巅了。"

我如此安慰自己。

只是在我每每回望时，我都能瞧见身后那位白衣皎皎的男子。他脸上总是挂着柔和的笑，眼落星辰地站定看我。

在我临终前，齐桓公曾来问，谁可以接替我。

我想了想说："公孙隰朋吧，他可以。"

估计我说的和他心中想的不同，齐桓公神情很是惊讶。是啊，齐国上下，谁能料到我会不推举鲍叔牙呢？那个我称为知己的人？

可似乎我这样说才更符合我的形象。

——一个万众心中才智过人、德行却不佳的宰相。

这几乎就是我与他故事的全部了，若说还有什么遗漏……

我弥留之际，窗外飞霜满院，落叶纷纷。想来我年幼第一次出门赚钱谋生时，就是在一个这样的秋天。那时我什么都不会，被骗得兜比脸都干净。

后来我混迹于市井之中，摸爬滚打，不知见了多少鸡鸣狗盗之徒，也由此学会了圆滑世故，利己自私。我脑子聪明，浊浪滔天，借势上岸的总能是我。再后来我遇到了鲍叔牙，一个山间清风般干净的人。

我有时甚至会惊讶，这世界礼崩乐坏，到处明争暗斗，他是怎么生得如此磊落明朗？不论我如何戏弄他骗他，他都信我。这世界的运行分明不是这样。

但他偏能以皎月之姿，与我内心的阴暗见招拆招。

当年我们被推到公子小白与公子纠面前时，我慎重考虑许久。

"小白之为人，无小智，惕而有大虑。"

公子小白的才智比公子纠强数倍，且公子纠为鲁国后，不受喜爱，小白的身世却为齐国上下怜悯，可得贵族支持[1]。有朝一日两人同争，不出意外必是小白胜。

当然，这也是我所希望的。因为公子纠作为鲁国棋子，上位定对我大齐不利。

可与此同时这也意味着，剩下那些人，身死名灭是必然的结局。

"夷吾之所死者，社稷破，宗庙灭，祭祀绝，则夷吾死之；非此三者，则夷吾生。"

虽说我向来是忠国不忠君，不会随主上以身相殉，不过面对这场可以预见的危

---

[1]《管子·匡君大匡》：夫国人憎恶纠之母，以及纠之身，而怜小白之无母也。

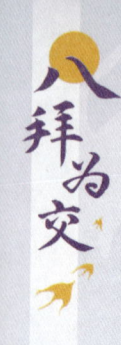

难……我需要平安在岸的人里有他。

我说服鲍叔牙去辅佐小白，而我自己选择了公子纠。日后的发展果然如我推测，"及雍林人杀无知，议立君，高、国先阴召小白于莒"，公子小白是内定的继承人。但我还是不得不射出那一箭。

我以为这十二年的距离会让鲍叔牙对我心存芥蒂，幸甚他没有。

至于这次不推举他为相，也皆因我太了解他。官场要须臾绝杀，算透人心。我年少的经历让我懂得该如何虚与委蛇，平衡黑白。

可他不行。"好善而恶恶已甚，见一恶终身不忘"，他眼睛里容不得一点沙子[1]，先前还因为直言进谏得罪过齐王。

往日有我也就罢了，可我离去后，若留他一人在这鱼龙混杂的庙堂为相，定会受苦。至于此举会对我的名声有何影响，我倒是无所谓。别人爱骂就骂，我既不会掉块肉，又不能死而复生，有什么可解释的？

众人误我罪我，他一人知我就够了。

回忆的事情太多，我的头又开始疼了。我睁开眼，却发现眼前竟几乎再看不清。

一片模糊间，似乎有一道白色影子仓皇跑进卧房，握住我的手。

鲍叔牙……是你吗？

我的手用力回握了一下，嘴喃喃开口，已发不出任何声音。

……

鲍兄啊，我何其幸哉能认识你，谢谢你送我扶摇直上，有机会光宗耀祖，报效大齐。不过除了能为国家做些事外，这万人跪拜的高处我看过了，没那么好。还是你我年少时，在石板路上卖镯子有趣。那时我欠你颇多，我说来日方长，有机会再还你。

---

[1]《管子·戒》：鲍叔君子也，千乘之国，不以其道予之，不受也。虽然，不可以为政。其为人也，好善而恶恶已甚，见一恶终身不忘。"

沧浪浊，血墨腥。

如今能护得你白衣如昨，青史上握瑜怀瑾的君子有你一笔，我已知足。

今日一去，以后你万要保重身体。切勿担心他人如何评说我，更无须再为我费力争辩。

有你一人为知己，我便无须再争辩什么。

【知己留音】

管鲍之交

舍命之交

文／明戈

赤诚穷困贤士左伯桃

×

潇洒江湖浪客羊角哀

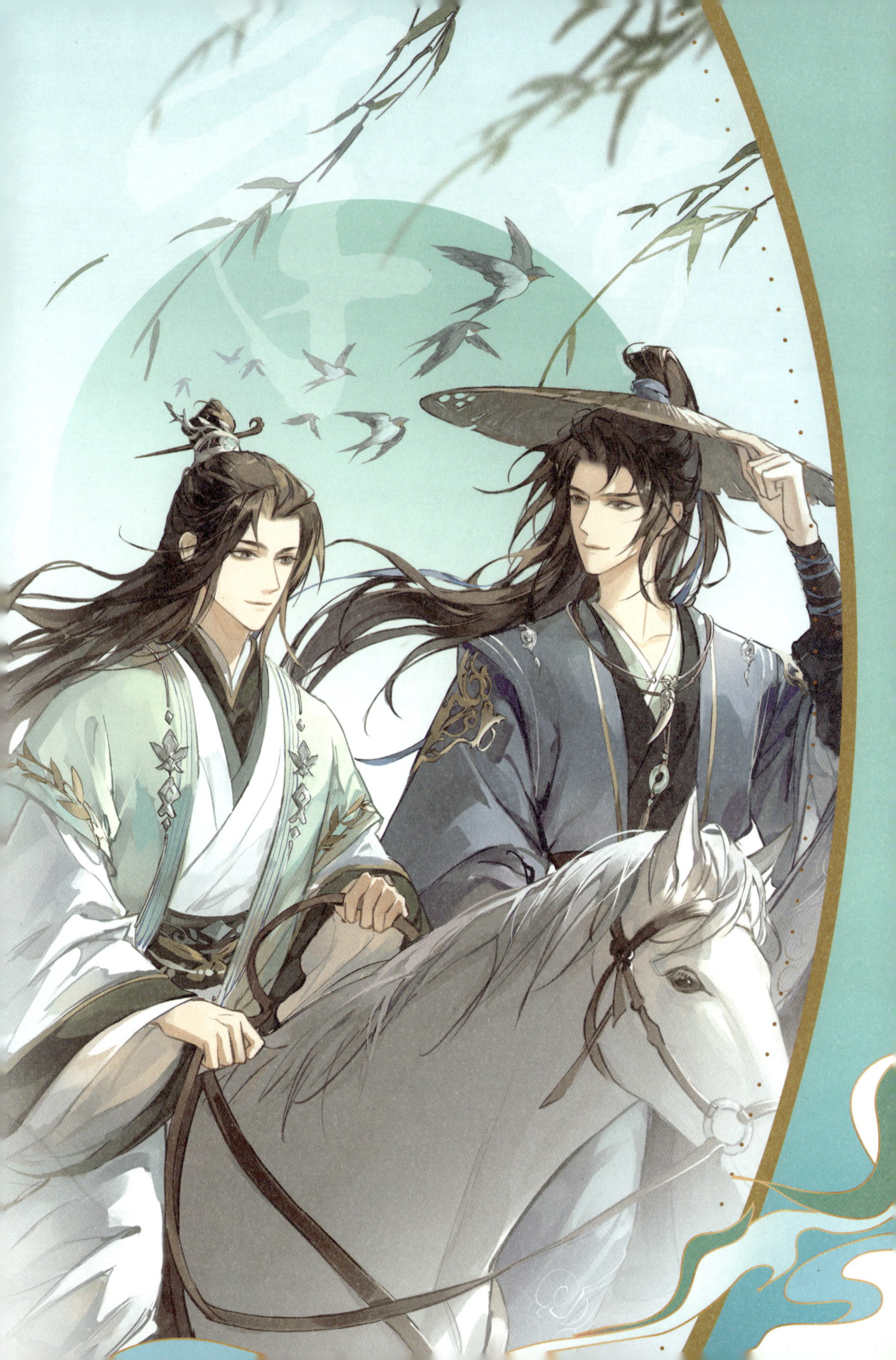

1

隆冬腊月，雍地万里冰封。

左伯桃带着一囊书，在霏霏雨雪中艰难前行。

他已经足足走了一天，衣衫尽皆湿透。现在经刺骨寒风一吹，几乎在他皮肤上结冰。

左伯桃伸出冻僵的手又将书囊往上背了背，抬起小臂，用衣袖堪堪遮风。

眼瞧着天光渐渐消失，前方却仍是一片不辨方向的白茫。夜间温度只会更低，若再找不到投宿之所，定会死在这里。

由于失温太久，左伯桃感觉大脑昏昏沉沉，腿像灌了铅。

忽然，他不小心踩中积雪里一块石头，脚下一歪。踉跄几步后，整个人栽到雪地里，晕了过去。

左伯桃在出发前，完全没想到会遭遇这些。

他本是积石山人[1]，父母去世得早，家里只剩他一人。虽然世上已经没人期待他有一番作为，但左伯桃觉得即便如此，日子也不该浑浑噩噩地过。

因此，他自幼便刻苦读书，学得一身济世之才，只期盼有一天能够安民兴邦。

可惜现在各诸侯国正值动乱，皆穷兵黩武，恃强凌弱，鲜有仁德之君，所以左伯桃便一直在家乡蛰伏。

前阵子，他听说楚王虚心求贤，慕仁为义，于是起了出世的念头，打算去楚国谋官。谁想到遥遥路远，又赶上风雪，这才落难在雪地中。

2

左伯桃不知晕倒了多久，睫毛上都覆了一层薄薄的霜。

风雪已停，皓月当空。

---

[1] 出自冯梦龙的《喻世明言》。

左伯桃手指微动，渐渐醒来。

他侧头看去，眼前的景物由虚转实。不远处竟是一片竹林，其间二顷梅花，似乎还有隐隐的光亮。

"有……有人家！"

左伯桃心中燃起希望，他撑住身体站起来，摇晃向着那亮处走去。

走近后，果然是一处草屋，四周围着矮矮篱笆。昏黄温暖的灯光下，正有袅袅炊烟升起。

左伯桃连忙推开篱障，叩响柴门。

"何人？"

一道淡漠清冷的声音从门内传来。

左伯桃微咳了一声，嗓音嘶哑。

"您好，在下左伯桃，正欲往楚国去。途中取道于此，却遇风雪，望求宿一晚。"

门内半晌没有回答。

正当左伯桃有些心急，猜测是否对方不让自己借宿时，门突然开了。

带起的风撩动门内人鬓边的长发，衣袍一角随风翻飞。那人身材颀长，比左伯桃高了大半个头，年纪看起来却是比他小不少。墨黑长发随意半束着，眯起的狭长眼里满是打量。

左伯桃拱了拱手："在下实在叨扰，不知阁下尊意如何？"

年轻男子双手抱胸而立，眼神不留痕迹瞟过左伯桃已冻得红紫的指关节，最后落在他霜白色的眉睫上，半晌后懒懒开口："你倒是挺有礼貌的。"

左伯桃又是一拱手："既是叨烦于人，岂可无礼？"

男子微微勾起唇角："行，进来吧。"

"多谢多谢！"左伯桃喜出望外，连忙道谢。

男子稍稍后撤，侧身让开半扇门的距离。

左伯桃面上挂喜，垂首进门。走进屋内后，他放下行囊环顾四周。

这间草屋不大，窗口处有炊具，右侧仅有一榻。除了这些简单的家具外，便是随处可见的书。

遇见同道中人，左伯桃自是十分欣喜。

"阁下是读书人？"

男子紧紧关上房门，应了一声："看过几本闲书罢了，不足论道。"

左伯桃看着桌子上的一卷书，兴致勃勃地拿起来："阁下在看什么？"

男子走过来，从他手中"咻"地把书抽走。

"脱掉。"

男子盯着左伯桃眼睛，眸子里满是不甚分明的意味。

"什么？"左伯桃没反应过来。

男子微微侧头，抬起下颌，用眼神慢悠悠扫了一遍左伯桃身上。

"衣服，脱掉。"

"脱……脱衣服？"

左伯桃瞬间瞳孔地震，后退一步，猛地揪紧自己领口。

男子正打算去拿东西，转身看见左伯桃，身形一滞，随后轻声笑了出来："你就打算一直穿着这件湿衣服？"

男子转回身来，扬了扬手上的干净里衣，眼神里满是戏谑。

屋里很安静，静到左伯桃能听见自己衣角滴答落地的水声。

"谢，谢谢。"

左伯桃想去死一死。

3

男子的衣服比左伯桃的大了许多，十分干燥舒适，这让他身体回暖了一些。倒是那人方才拿着什么出了门，也不知是去干吗，小半个时辰都没回来。

男子回来后把粗布外袍挂到门后，淡然开口："还冷吗？"

左伯桃下意识点了点头，又猛摇头，客气道："好多了，再缓一会儿便可。"

男子撩起眼皮看了眼左伯桃，没再回话，只是去灶台前忙活些什么。不大一会儿，屋里弥漫起辛辣的生姜味。

左伯桃斟酌问："阁下……在煮姜汤？"

"嗯。"

男子并没有回头，只是轻缓地搅着姜丝。也许因为茅屋低矮，他在灶前的背影十分高大，肩膀宽阔，在一片升腾起的水雾中，这幅景象显得格外有烟火气。

想来人家本是好心收留自己，又拿了干净衣服，还煮了姜汤……

左伯桃忽然感觉极难为情。

"好了。"男子曼声道，随后端着盛好的姜汤走了过来，细心地对着碗吹了又吹。

看到这幕，左伯桃更是悔得捶胸顿足，愈发觉得半夜醒来不抽自己一巴掌，都说不过去。

于是左伯桃低下头，双手高高伸出去接碗："万分感谢！"

左伯桃等了半天，碗并没有递到自己手上，头顶还响起了"咕咚咕咚"声。

他奇怪地抬起头，发现男子早就把姜汤一饮而尽，正斯文地擦嘴。

"啊？不，不是给我的吗？"左伯桃瞪大眼睛。

男子表情理所当然中又带了一丝疑惑。

"我方才出了趟门，煮点姜茶给自己祛祛寒。况且你……不是说你不冷吗？"

男子看着左伯桃眼睛，目光清澈，眉梢微微一挑。

4

尴尬，史无前例的尴尬。

左伯桃此刻需要的不是一碗姜汤，而是一个地缝。

正当左伯桃满地找头时，一碗新的冒着热气的姜汤出现在他眼前，上面还漂着几粒枸杞。

左伯桃惊讶抬头："这？"

"喝吧，煮多了。"

男子解释道，几个字轻飘飘化解了左伯桃的不安。左伯桃接过碗，心底一暖。

"谢——"他话还未说完，只见男子拿起他换下来的湿衣服，再次开门而出。

"欸！您这是干什么去？"

左伯桃眼睛追着他，忍烫三两口灌下姜汤，便向门口跑去。

院子内，男子正坐在竹段拢成的火堆前，用两根长竹子烘烤着左伯桃湿答答的衣服。

左伯桃连忙走向男子："我来我来。"说罢伸出手便要接过竹竿。

男子侧头瞟了一眼左伯桃的瘦弱身板，不由低眉笑了下，而后将手中竹竿紧了紧。

"还是我来吧，你去屋里拿件外袍。"男子吩咐道。

左伯桃本就帮不上什么忙，得了任务后一路小跑拿回了衣服。往男子肩上披的时候，才注意到他泛红的虎口。

难怪刚才离开这么久……左伯桃心下了然，八成是为了替自己烧火烘衣，伐竹来着。

左伯桃愈发觉得愧疚，于是坐在男子旁边陪着，努力找话题聊天。

"还不知阁下尊姓大名？"

"羊角哀。"男子淡淡开口。

"怎的一人隐居在这竹林？"

"喜欢清静。"

"在这儿住多久了啊？"

"很久了。"

"那您今年多大了？"

羊角哀终于把目光从火堆移到左伯桃脸上。

"查户口吗？"

左伯桃连连摆手："没有没有，就是随便问问。"

羊角哀犹豫了一会儿，说了个数。

左伯桃听后乐了，一拍手："哎呦！那我比你大不少呢！按岁数论，我得叫你一声贤弟。"

羊角哀不语，只是静静看着左伯桃的眼睛。赤红的火光在羊角哀的眸子里跳跃，显得眼眸温柔，左伯桃被盯得极不自然。

这火烤得太热，自己莫不是发烧了吧……

左伯桃正想把视线挪开，羊角哀突然似笑非笑地歪了歪头。

"那我得叫你……哥哥？"

5

左伯桃一怔。

羊角哀的语气分明带着轻佻玩味，这让他很是吃惊。因为就他目前的观察来看，羊角哀明明十分儒雅稳重。

左伯桃回忆起刚才的一切……等等，难道那一连几个让自己尴尬的时刻，都是羊角哀故意营造的？

不是吧……这小子城府这么深？左伯桃正凝神思考端倪，羊角哀突然沉沉开口，打断了他的思路。

"其实我自幼父母双亡。年少时因为瞧不上太多人圆滑世故，就隐居到了这片竹林。这么多年来一直与诗书青卷为伴，虽说清静自在，但日子久了也不免孤独。"

羊角哀神色落寞，眉梢眼角挂满哀伤。

"我在这世上没有亲人，更没有朋友。今日与左兄一见如故，就宛如我的哥哥一般……"羊角哀轻轻叹了一口气，"若左兄不喜欢，我不唤便是了。"

四周一片安静，唯有篝火噼啪作响。

左伯桃想到自己刚才的"恶意"推测，咬住后槽牙，满心只有一句话：

我是真该死啊……

6

羊角哀也不知道自己的演技怎么能这么好。

他的确是年幼失去双亲，自己为了清净，带着一堆书躲到此处隐居避世，只不过他没那么孤独，反而过得相当舒坦。甚至有时候遇到那些来借宿的，明明能有机会聊上几句解解闷，他都不愿意搭理。因为那些人要么粗鄙无礼，要么精明市侩，没一个让他瞧得上眼的。

不过今日这个左伯桃倒是和其他人不同。

都冻得哆哆嗦嗦了，还不忘客客气气地说话。自己分明是在为难他，留了条窄道，

结果这人还只知道歉。那股真诚笨拙的劲儿，让羊角哀总忍不住想逗逗他，看他一会儿提防，一会儿又内疚，简直太有意思了。

羊角哀现在瞧着左伯桃系了个死结的眉毛，差点没笑出声来。

正当他费力地低头憋笑，左伯桃忽然向他靠了靠，用力握住了他的手腕，真诚道："实不相瞒，我也同样幼亡父母，多年来一直独自生活，我们真是太像了！"

羊角哀被左伯桃的动作吓了一跳。

他刚才一直拿着竹竿，手腕被冻得有些凉，左伯桃的手倒是暖和。

"贤弟？"

左伯桃抽出一只手在羊角哀眼前晃了晃。

"嗯？"羊角哀回过神来。

左伯桃大方笑了笑："贤弟怎么半天不说话？"

羊角哀嗓子有些发紧，转移了话题："那个……你方才问我在看什么书是吧？"

左伯桃一听书，顿时来了兴致。

"对，我也是个读书人！"

羊角哀慢悠悠晃了晃在烤的衣服，调了个方向。

"左兄可熟悉'天道远，人道迩'？我那本书正是讲关于此天道问题的论断。"

左伯桃眼神灼灼放光。

"自是熟悉。昭公十八年，夏五月时，天象异变刮起大风，宋、卫等国皆发生火灾。郑大夫裨竈要求以国宝祭祀鬼神，以避第二次大火。子产却说：'天道遥远，人道切近，两者没有直接关系。'而后来郑国也没有再发生大火。"[1]

羊角哀又问道："那左兄对这个问题是怎么看的？"

左伯桃手撑着下巴："自古以来，从王到民都认为天降赏罚，天是众生命运的主宰。可人事与星象变化无关，天是没有意志的。"

"因此不论是何境遇，从不存在'天要亡我'，这只是逃避问题的借口。永远会有路走……"

---

[1]《左传·昭公十八年》：夏五月，火始昏见……子产曰："天道远，人道迩，非所及也，何以知之？灶焉知天道？是亦多言矣，岂不或信？"遂不与，亦不复火。

左伯桃看向辽阔夜空。

"人定胜天。"

左伯桃说完心头陡然一惊,因为羊角哀几乎和他异口同声说出了这四个字。

"你……"左伯桃眸子晶亮,眉毛高高扬起,攥住羊角哀双臂一顿猛摇。

"知己啊!知己!"

羊角哀瞥了眼自己被晃掉的发簪:"左兄冷静……"

左伯桃手上没停:"那你对于灵魂不死的观念是怎么看的?人生始化曰魄,既生魄,阳曰魂……贤弟?你说啊!"

羊角哀被摇得眼冒金星。

夜空晴朗,千山银装。几点碎雪从竹梢纷扬洒下。一片静谧中,两人声音沿着篝火蒸腾的热气飘荡而上,掠过整片雪夜竹林。

"贤弟你怎么不说话了?"

"我要吐了……"

"贤弟!"

7

窗外天寒地冻,被子厚实柔软。隔天早上,左伯桃从温暖的榻上迷迷糊糊醒来时,只觉得自己幸福极了。细细嗅来,空气中还有米粥的香气。

"这是天堂吗?"

左伯桃呢喃开口,一道赌气的声音从灶边传来。

"这是我家。"

左伯桃一下子清醒过来。

对了,昨晚他拉着羊角哀聊到后半夜,为了暖身子,两人多饮了几杯酒,后来好像还稀里糊涂结了拜……

左伯桃坐起来,看着羊角哀煮饭的身影,忽然感觉鼻子有些泛酸。

这么多年来,他都是自己一个人过,从没见过如此温馨的画面。美酒共饮,炊饭同食,这就是有家人的感觉吗?

羊角哀端着粥和小菜走过来，重重放到桌子上。

"吃饭！"

左伯桃偷偷拭完泪坐到桌前，却发现羊角哀清墨般的眼下挂着两个硕大的黑眼圈。

"贤弟没睡好？"左伯桃关切道。

羊角哀皮笑肉不笑。

"被踢下床三次，你说能不能睡好？"

左伯桃默默埋下头扒了口粥，而后赶紧换了个话题，指向窗外："贤弟，等风雪停了，你同我一道去楚国做官吧。"

羊角哀眼尾一动："做官？"

"听说楚王仁义好贤，你学识又比我强数倍，定不成问题。"

羊角哀夹起一筷子菜："左兄已经决意去了？"

"那是自然，都走到这儿了。再者说，兴国安邦可是我的理想。"

左伯桃拍了拍胸口。

羊角哀慢条斯理地喝完粥，将两人的碗摞在一起，随后抬眸看向左伯桃点点头。

"好，我与你同去。"

左伯桃脸上洋溢起灿烂的笑容。

"太好了，那等天放晴了我们就出发！你放心，我这个当哥的指定照顾好你！"

羊角哀听后心中发笑。如此肩不能扛手不能提，还大言不惭要照顾自己。

羊角哀想了想，懒懒将碗筷往前一推，歪着头弯起嘴角："行，那烦劳哥哥刷个碗，再打包一下行李吧。"

左伯桃勤快起身："好嘞，贤弟你好生歇着！"

8

三日后，晴空万里。

两人背好干粮，从雍州向着楚地出发。左伯桃忆起几天前自己还在风雪中孑然独行，如今雪霁天晴，又得一至交相伴，不禁心情大好。

"贤弟，你看这远山景色真美。"

"贤弟，等到了楚国，咱俩一定得挨着住。"

"贤弟，你……"

羊角哀斜了眼在耳边絮叨一路的左伯桃。

"左兄你再说几句，西北风都喝饱了。"

左伯桃闻声闭嘴。

三秒后。

"贤弟……"

羊角哀一叉腰："没完了是吧？"

左伯桃则惊慌地指着北侧天空："你看！"

远处密云笼罩，天低得几乎和群山连在一起，白茫茫一片，可怖的白浪正以肉眼可见的速度向两人涌来。

"糟了！是暴风雪！"羊角哀瞳孔猛地缩紧，"快走！"

羊角哀拉起左伯桃拔腿便跑。可那风雪甚急，不过三五分钟便已袭到两人身侧。

一时间寒风狂啸怒号，枯木凄厉摇摆，冰晶打到脸上如刀子一般。

两人已穿足了御寒的衣服，可遇上如此肆虐的狂风，身上依旧是透骨冰凉。

羊角哀用身体将左伯桃半罩住，举起袖子替他遮蔽割面的冰雪，并吃力地眯着眼寻找能暂时避风的地方。若是在这种温度下一连吹上几个时辰，他们必死无疑。

终于，羊角哀发现了一棵枯桑树。两人费力走到桑树前，只见其树干早已被蛀空，留下一个可容一人的大洞。羊角哀大喜，连忙让左伯桃坐到树洞中避风。

左伯桃却死活不肯进去。

"我，我是兄长，说了照顾好你，此处绝，绝不独享！"左伯桃牙齿打着冷战，磕磕绊绊道。

羊角哀听后眼色一沉，不由分说，直接抓住左伯桃，将他推入洞中。

"你这体格，先照顾好自己再说吧。"由于刚才直面风雪，羊角哀眉睫布满了冰晶。

白羽般的睫毛下，眼神更显得幽深如墨。

"不，贤弟你……"左伯桃挣扎着要出来。

羊角哀长臂一伸，径直将那双大手压在他肩膀上，力如千斤。羊角哀弯腰低下头看着左伯桃，苍白如纸的脸上挂着一如往常的讨打表情。

"放心，这点风雪我根本没在怕的。现在我要去找些枯树枝生火，你且待在此处，不要乱跑。"

"我……"左伯桃还是想起身。

羊角哀将脸靠近左伯桃，手上又用了几分力，语气温和："等我回来。"

9

羊角哀直起腰，没身投入呼啸的白茫中。

左伯桃看着他消失的背影，口中喃喃："贤弟，你演得再真，我也看得出。"

他清楚方才羊角哀为了安慰自己，是在强装身强体健，无事发生。他分明感受到那双压在自己肩膀的手，从头到尾都在无法控制地抖动。

他先前就差点被冻死在这暴雪中，是羊角哀让他捡回一条命。因而他也更加清楚，这种天气下，只要风雪不停，以他们现有的衣服厚度和所带的干粮数量，死只是早晚的事。

左伯桃仰头看了看灰白色的天——风雪似乎愈刮愈烈了。

连带这棵枯树，仿佛也在预示着他们的结局。

"等等……如果是……"

左伯桃忽然想起了什么。他扶住两侧，从树洞中慢慢走了出来。风雪纷乱，看不清他手上在干什么。

左伯桃闭着眼，脑海中全是这几日的画面。

"您好，在下左伯桃。却遇风雪，望求宿一晚。"

"进来吧。"

"啊？姜汤不是给我的吗？"

"喝吧，煮多了。"

"哎呦！那按岁数论，我得叫你一声贤弟。"

"那我得叫你……哥哥？"

左伯桃细细回忆着，笑了起来。

"我反应可真是慢，这小子绝对全是故意的。"

……

左伯桃睁开眼，此时他已经浑身几近赤裸。

他将脱下来的衣袍与自己的干粮妥当放入树洞，而后走到一旁，躺在雪地上。

两个人自是无法战胜暴雪，可如果把生的希望都放在一个人身上，那活下去的概率就会大大增加。

左伯桃嘴角挂着坦然的笑。

——你瞧，哪有什么"天要亡我"的绝境，永远是会有出路的。

冻骨的冰雪让左伯桃身上生出一股灼烧般的刺痛，不过几十秒，他的头也开始剧烈疼痛起来，连带肺都被捏紧了。

大雪盖在他的脸上，左伯桃想着，羊角哀要是有良心，到楚国当了官，可别忘了回来把自己埋上。

左伯桃眼前浮现出他那张时而冷淡、时而懒洋洋的脸。

罢了，谁让与他有缘，自己又是拜了把子，答应照顾他的兄长呢？

渐渐地，砭人肌骨的寒冷中，左伯桃忽然感觉身体涌起一阵暖意，仿佛被那晚的篝火烤着似的。

那晚都聊了什么来着？

哦对……

"人生始化曰魄，既生魄，阳曰魂"，人死后是有灵魂的。

还有什么来着？

左伯桃的意识逐渐模糊，他逐渐沉入望不到边的黑暗中。

对了。

还有人定胜天。

10

左伯桃没看到羊角哀抱着自己尸体，浑身战栗着失声痛哭的样子。

更没看到他双目赤红地摇着自己的肩，咆哮怒吼着"左伯桃"三个字，试图把他晃醒。

羊角哀哭着哭着，忽然疯癫大笑起来。他觉得自己这副样子像极了无能狂怒，若是左伯桃看见，定会笑自己。

11

后来羊角哀成功到了楚国，正如左伯桃说的，楚王极其赏识他的才能，设御宴以待之，拜为中大夫，更赐黄金百两，彩缎百匹。[1]

朝堂之上，他风头无两。可羊角哀眼底却无分毫喜悦，因为他始终觉得，站在这儿的本应是两个人。

羊角哀在楚国并没有停留多久，随后便向楚王告假，称想回去好生安葬左伯桃。而楚王与众大臣听了左伯桃的事，尽皆叹惋，楚王更是赐左伯桃为中大夫，厚赐葬资。

羊角哀将左伯桃葬在了一处风景极美的地方。

前临大溪，背靠高崖，众巍峨高山环抱。

下葬前，更是以香汤浴之，又亲手为其穿戴好大夫衣冠。

村民乡老与随行下人祭拜离去后，羊角哀独自坐在享堂中，看着祭台发呆。

他与左伯桃的相识宛如一枕槐安。

那人在一个雪夜急匆匆敲开了自己的家门，又急匆匆离去了。

现在徒留自己一个人，守着这一抔黄土，几点寒鸦。

---

[1] 出自冯梦龙的《喻世明言》第七卷。

12

自从左伯桃落葬后，一连几日，羊角哀都睡在享堂中。可他夜夜都能梦到左伯桃惊慌失措地跑过来，猫着身子躲到自己背后。

问其缘由，原来是这儿不远处便是荆轲墓。荆轲因左伯桃葬于他肩上夺了风水，与高渐离一同迁怒于他。

左伯桃势单力薄，终日受欺。

村民们都劝羊角哀将左伯桃的墓移走便可，可他不愿意。

左伯桃终于入土为安，享堂华表皆设立完毕，岂可再掘地迁棺，受这般屈辱折腾？

为此，羊角哀试过到墓前大骂荆轲，斥他欺辱手无缚鸡之力的仁义之士，甚至动武要拆了那荆轲庙，结果被众人所阻止，更试过束草为兵，以火焚之相助……

可不论羊角哀做什么，终不得解。

毕竟阴阳两隔，太多事无能为力。

"除非……"

羊角哀想到了什么。

这日夜里，羊角哀手持宝剑来到享堂。

一轮皎月挂在天上，瑟瑟的风吹进来，白烛火光摇曳。

"从来没有什么走投无路，总是会有办法的。"

羊角哀抽出宝剑，放到了自己颈边。

剑刃锋利无比，擦破了他薄透的皮肤，流下汩汩鲜血，羊角哀却只是眯眼温润地看着那方祭台。

"就说你太弱了吧？竟然被欺负得这么惨。"

"别怕，我这就过去帮你。"

清波渺渺月悠悠。

柳依依，草离离。人独处，燕双飞。

终于，一道寒光闪过，空中绽出一株红莲。

羊角哀扑倒在祭台旁，嘴角是坦然赴死的笑。

……

"左伯桃，等我。"

「生交无百年，
死交有千载。」

命命之交

胶漆之交

文/明戈

清正内敛尚书郎陈重

×

仁厚沉稳侍御史雷义

陈情

八拜为交

八月，豫章郡盛夏如流火。

摊贩肩上搭着条擦汗布，吆喝叫卖着板车上最后一个甜瓜。不大一会儿，一个双眉微粗、眼睛黑亮亮的孩子迈着四方步走了过来。

"老板，这瓜我要了。"

小孩拿出几枚五铢钱正要递过去，另一个和他身高年纪相仿、皮肤白皙的小孩也走了过来。那孩子五官俊俏，眉眼弯弯的，仪态风雅又端正。

"老板，这瓜我要了。"

说罢，也掏出了几枚五铢。

"这……"小贩犯了难。

两个小孩看着对方思索片刻，随后同时一拱手，齐声道："还望理解，这瓜是买给我爹娘消暑的。"

其整齐程度堪比照镜子。

"嚯——"小贩眉毛高高扬起，一脸震惊地向后一缩头。

两人似乎也吓了一跳。

"既然如此，这瓜让给你吧。"

又是齐声。

小贩：不合理。

"那……多谢。"

还是齐声。

小贩：不科学。

终于，在两人同时伸出手去拿瓜，又同时尴尬地缩回手时，小贩抱起瓜，拉着车骂骂咧咧走了："这瓜我不卖了！干啥啊？玩镜子戏法呢？不好好在家写作业，来逗我个卖瓜的！"

俩小孩眨了眨眼，在街角面面相觑。

"我俩也不认识啊。"

七年后。

少年雷义英姿楚楚，身穿一袭鸦青色锦袍走进学堂院子。这是他换了私塾后，头一次来这儿上课。

院门口的桃花片片飘落，缤纷如雨。他整理了一下衣袖与腰间佩玉，阔步走进课堂。落座后，他便隐隐感觉有人在看自己，可四下望去又瞧不见是谁。

很快，私塾先生来了。

这位先生《诗经》讲得极好，中途还让他们就今日讲的"征夫捷捷，每怀靡及"写下感悟。

雷义飞快落笔，其间从"征夫起早贪黑干活，还害怕达不成目标"，引申到安逸享乐之人与毫无志向之人不会成事，洋洋洒洒写了一整篇。

只是雷义没想到，交上文章后，下课前等来的不是先生的表扬，而是质疑。

"你们俩来一下，看看自己写的东西，给我一个合理的解释。"先生面色凝重。

雷义疑惑上前，不远处也一同走来一个少年，白衣皎洁，眉眼如画，让人不由想到冬日的雪松，可一张笑脸又暖洋洋的。雷义低头看了看那摆在书案上的两篇文章。

虽然字体和措辞大不相同，但行文脉络极其相似，就跟其中一篇是照着另一篇抄下来的似的。

很显然，那位少年也发现了这个问题。少年抬眼，眸子像熠熠生辉的星子，雷义只感觉这视线十分眼熟。

两人对视间，先生拍了一下书案。

"我没作弊，先生问他。"二人回过神来，齐声答道。

这异口同声的感觉……

一些久远的回忆骤然苏醒，雷义和那少年霎时张大嘴巴，伸出食指指向对方。

"是你！跟我抢瓜那个！"

很快，两人便弄清楚了是怎么回事。原来他俩碰巧都酷爱研究《鲁诗》[1]，这本书对那句诗便是如此解释，因此两人体悟差不多，所以才闹了这么一出乌龙。

而在接下来的整整一天课中，雷义和那少年"撞发言""撞感悟"的次数更是

1《后汉书·独行列传》：少与同郡雷义为友，俱学《鲁诗》《颜氏春秋》。

数不胜数。

终于，临放学前两人喜提新称号——异父异母的双胞胎兄弟。雷义不知道有多少人穷其一生，只为苦苦寻找和自己相像的人。

好消息：他现在就找着了，还像到宛如复刻版。

坏消息：复刻版长得比自己帅。

放学后，雷义故意收拾得慢吞吞的，他想等大家走了以后去找那少年聊几句。毕竟能像到这种程度，还是让人有些匪夷所思的。

没想到那人手脚倒是利索，不过两三分钟，已经拎起书袋出去了。雷义赶紧加快速度，就在这时，门外突然传来"哎呦"一声，随后是一阵哄笑。

他收好东西走出门去，只见一位同学手上拿着墨囊，不知怎的弄了自己一脸墨，正眼圈通红低头站着，旁边还围了堆看热闹的。

原来是这样，雷义心下了然。不过眼前的场景令他不悦——没人上前帮忙，反倒都在看笑话，这岂是读过书的仁义之士该做的？

"君子见人之厄则矜之，小人见人之厄则幸之。"[1]他皱眉拨开人群，走到那人旁边。

"你们不该如此。"说罢，递给他一块帕子。

那位同学却是瞪大了眼睛看着雷义："你俩果真是像！他方才也说了这句。"随后往旁边一让，身后露出那位白衣少年。

雷义这时向四周看去，只见大家脸上哪有嘲笑，早就是难为情的神色了。众人都散去后，少年徐步走到了雷义面前。

"你……是一直都在学我吗？"少年缓缓开口。

对于他们这些巧合，雷义只是觉得两人相似而已。没想到对方竟是如此揣度自己，于是顿时来了脾气。

"什么？谁学你了？我还觉得是你在学我呢！"

少年泰然："首先，我不过是秉持'忠孝仁义'说话行事。其次，方才那句明

---

[1] 出自《公羊传·宣公十五年》，意为：君子看见别人处于危难之中会心生怜悯，小人则会幸灾乐祸。

明是我先说的。你这般反问，不妥吧？"

雷义一昂首："我也是秉持'忠孝仁义'！何须学人？"

少年思索片刻，忽然不再争辩。

"想来我们儿时夺瓜之争是出于孝，让瓜之举是出于仁，今日打抱不平是出于义。既然我们都是仁义之辈，那便不应该发生此般争执，我为方才的言语道歉。"

随后，少年有礼地颔了颔首。

"重新认识一下。你好，我叫陈重，重情重义的重。"少年声音柔和如流水，只是那句"重情重义"，咬字略刻意地用力。

雷义平时就是个吃软不吃硬的人，对方突然如此谦逊让步，说得他一愣，瞬间灭了火。

他赶紧行了个礼，几乎没过脑地开口："我叫雷义，重情重义的义。"

雷义语毕，陈重看着他眨了眨那双星子般的眼睛，嘴角微微上扬："雷同学，现在又是谁在学谁呢？"

"中计了！笑里藏刀计！"雷义气得踢了一路的石子。

"还仁义之辈……肯定是装的！"他推开屋门，重重坐到书案前，墙上的那句"以礼待人，以理服人"分外醒目。

雷义深呼一口气，只觉一股少年的胜负欲在胸中熊熊燃烧。

"无妨，日久见人心。咱们就看看谁才是真仁士！"

第二天。

同学甲："这题好难……"

雷义："我帮你讲！"

同学乙："我毛笔怎么找不着了？"

雷义："我帮你找！"

同学丙："我想去厕所。"

雷义："我……这我帮不了。但我这里有厕纸。"

"原来帮咱们的都是陈重，没想到这新来的雷义人竟然更好。"

雷义的书桌与陈重的书桌左右挨着，他听着同学们的窃窃私语，面上止不住笑，故作深沉地喝了一口水。

"肯定是陈重树了好榜样，要不说两人像呢。"

雷义呛得大咳特咳，陈重低头记笔记，眼底划过笑意。

雷义没想到，陈重这一"装"就"装"了好几年。由于两人都在争着做好人好事，大家需要帮助的地方又只有那么多，导致他们总是出现在同一个地方，就跟绑定了似的。

人们聊起他们，每提及一个，定会提起另一个。

几年后，两人不仅以优异的成绩从学堂毕业，品德高尚的名声更是传遍了豫章郡。谢师宴上，私塾先生点名表扬了他们。

"我为能有这样两位德行美好的学生而感到骄傲。"

雷义拿起酒杯，正要起身感谢，先生又开口道："尤其是陈重，前几日太守听闻他的事迹后，为了嘉许他的德才，已将他举荐为孝廉！"

众人发出惊呼，掌声震天。这一刻，雷义只觉得人类的悲喜并不相通。

回家后，雷义扑到榻上喊了一嗓子。

"我差哪儿了！"

雷义正捶胸哀叹，门外出现一道熟悉的白衣身影。陈重负手站在阳光下，正笑眯眯地看向屋内，正午的暖阳映得他的白衣分外晃眼。

雷义换回冷漠脸，装作毫不在意地走出去。

"你来干什么？等我恭喜你啊？"

陈重低声道："日后我们就要各奔前程了，也许此生再没有交集。"

听到交集一词，雷义脑海中不由闪过这几年两人一同在私塾的画面。他正愣神，陈重继续道："我已经跟太守说了，把名额让给你。"

"什么？"

雷义以为自己听错了，瞬时有些失语。他与陈重暗搓搓较量了好几年，对方突然把孝廉让出来，这是何意？

"你……"雷义抬眸看向陈重，语气犹豫。

"我觉得你比我更配得这'孝廉'二字。"陈重眼神很是诚恳。

听到这样真心实意的夸赞，雷义更蒙了，难不成自己以前都误会他了？毕竟此番让贤的举动不假，雷义看着陈重真挚的神情，慎重思索片刻，决心一笑泯恩仇。

"不必让我，你也同样配得……"

他话还没讲完，陈重笑道："太守没同意。"

……

"太守欣喜夸我谦逊礼让，然后坚持举荐我为孝廉。"

……

雷义快要气死了，他怎地信了那小子？如此狡猾之人，只可能借自己一石二鸟，不可能对自己真心示好。雷义后来去郡府任了功曹，但依旧气了小半年，直到某次他偶然听闻陈重并没有去郎署就职。

正相反，他几乎每隔一个月都要向太守申请把功名让给自己。可惜太守不同意，甚至已经开始嫌陈重烦了。

他这是……

雷义想不通他为何要这么做。这不纯粹费力不讨好吗？不过他也不知道要怎么问，于是只好先装作不知情。

很快，又一个半年过去了。虽然陈重一整年都没让贤成功，但幸好雷义靠选拔也成了孝廉。

去郎署当值的第一天，雷义在门口遇到了陈重，依旧是白衣翩翩的雅士模样。

既然遇上了，那就不好装鸵鸟了。雷义向前迎了几步，没想到陈重先开了口。

"还以为是各奔东西，没想到是冤家路窄。"陈重笑道。

许是因为之前的事，这句带刺的话并没有激怒雷义，他犹豫了一会儿开口："那个，我知道你让一整年功名的事了，也知道你今日同我一样，是第一日就职。"

陈重听后面色明显一怔，随后笑道："不在同一处做官……咱俩还怎么比啊。"

"原来你是因为这个？"

雷义幡然醒悟。难怪他这么积极，这就解释得通了。

陈重撩袍迈入郎署大门，回头朝雷义眨眼一笑。

"日后多多指教啊，僚友。"

宣战，赤裸裸的宣战。不过此时雷义惊讶发觉，自己心底竟没什么厌恶的情绪，甚至脸上同样扬起了微笑。

"好啊，放马过来。"

进入职场后，学生时代那种类似扶老婆婆过马路程度的好事已经是小儿科了，两人的"仁士之争"全面升级。

这边雷义疯狂推举德才兼备之人，那边陈重怒帮悲惨同事还债数十万钱。

雷义走到陈重桌前，敲了敲桌面。

"喂，你这属于'钞能力'，不在比试范围内。"

陈重悠悠抬头，看向雷义。

"你推举贤才也不是分内之事啊。"

雷义看着来往的同僚，微微弯腰压低声音。

"我此举的重点可是我乃匿名，不求功劳。"

陈重示意雷义附耳，随后探身过去说道："谁又不是匿名呢。"

说罢拿着一摞公文微笑离开，背影写满深藏功与名。雷义站在原地张了张嘴。

"不是……你……"

一个同僚探头瞅了瞅站在陈重办公位置的雷义，满脸八卦之色。

"雷兄又来找陈兄说悄悄话了？你俩关系可真好！真羡慕你们。"

雷义嘬了嘬牙花子：我谢谢你啊。

不出几个月，全郎署都默认了他俩是形影不离的好朋友，还是竹马发小那种。

从立春活动到宴乐聚餐，能把两人安排到一块儿就安排到一块儿。

雷义身姿挺拔坐在酒席上，瞅了眼身边端坐的陈重。

"求学时就是同桌，任了职后还是同桌。这什么时候是个头啊？"

陈重优雅地托住白衣的袖子拿起酒杯，声音极轻地送过来。

"我觉得挺好的。"

雷义听后猛咳了几声，引得周围人都向这边看来。他不得已假笑着看向陈重，嘴不动地小声问："你小子什么意思？"

陈重望向雷义，笑得如和煦春风。

"我们还没分出个高下，当然不腻。"

雷义表情恢复了正常，轻哼了一声："哼，我就知道。"

一转眼，数年过去了。两人此时已皆是侍郎。

雷义把书案收拾干净，来到陈重旁边道："走啊，去吃午饭。"

"好。"陈重放下笔站起身来，"你动作倒是快，我记着你上学时候挺慢的。"

雷义双手抱臂道："还不是因为我比你好学，所以书更多。"

陈重一愣，笑出了声："你这也得赢我？"

"谁让你当年先跟我比的？快走吧，一会儿鸡腿没了。"

不知道从何时起，两人开始形影不离。若非要找个起因，那应该是某一天陈重说，只有在统一环境中比赛才更有公平性，并美其名曰控制变量。后来两人习惯成自然，便事事都结伴而行。

暖阳透过树荫，斑斑点点投在回廊上，温暖又明亮。两人往客栈走着，陈重伸出手遮着阳光，熟稔开口："正好今天是月底清算时间，你先说还是我先说？"

"你先吧。"

自去年初，他们便约定每月来一场"清算复盘"。虽说两人都嚷着要赢，不过好像谁也没认真把这当作比试，就是习以为常地做着好事，月末聊一聊分享一下。

陈重也没客套，朗然道："三周前，邻部同僚回家奔丧时穿错了别人的裤子，失主以为是我偷的，我并未申辩，直接买了一条裤子还他，同僚回来后才给我正了名。"

雷义听后眯起眼睛："你是一点儿不在乎钱啊。"

八拜为交

陈重勾了勾嘴角："说得像你在乎似的。我上周才知道你任功曹时，把别人感谢你的两斤黄金上交给了县曹。"

雷义不着痕迹地挺直腰杆："嘁，这种小事不值一提，那个人谢我主要因为我当时帮他减免了死刑，放他赡养一家老小。"

陈重扭头看向雷义："你不怕别人说你失职？"

雷义却是话锋一转："既然我们都喜欢读《颜氏春秋》——"他拉长了声音，似乎在等待什么。

"与其杀不辜，宁失不经。"[1] 两人齐声道。

"你这回有点慢了啊，下次注意。"雷义故作正色。

两人互相对视了一眼，不约而同笑起来。

吃过午饭，雷义突然想到了什么。

"对了，咱们有个同僚最近犯了事，但我觉得他没错。我已经向上头上书申辩了，愿意由我自己独揽罪责。"

陈重拿手帕擦嘴的手一顿。

"你说的可是要担刑事处罚的那位？"

雷义点了点头。

陈重面色一沉："代人受过……你为了赢可真是拼。"

雷义皱了皱眉："你知道我不是为了这个。"

陈重没说什么，独自走出了客栈。此后一连数日，雷义都没在郎署看到他。

足足过了半个月，陈重才回来，此时顺帝的旨意也传来了——顺帝下诏，赦免了雷义的刑罚，但也免除了他与陈重的官职。

陈重一向干净的白衣因为赶路有些脏，整个人显得风尘仆仆。

"你做了什么？"雷义震惊拉住陈重。

陈重拂了拂衣袖，满脸不以为意："没什么，替你求情去了。求情不得，顺势

---

[1] 出自《公羊传·襄公二十六年》，意为：与其错杀一个无辜的人，宁可冒着失职的罪也要放了他。

便告病还乡了。"

"你这是为何？"雷义盯着他的眼睛。

陈重眸子笑眯眯的。

"我岂能让你独占贤仁美名，不得分一杯羹？再说了，要是你入牢我做官，我们还怎么比。"

"走吧，收拾东西去，一起卷铺盖回家。"陈重拍了拍雷义肩膀。

雷义脚下没动。他望着陈重如少年时一样明亮的眼睛，忽然开口："在学堂时你就故意激我，弄得我们天天缠在一块比。举孝廉后你也不独自前来，偏要等我一同入郎署。现在又找理由，随我同出庙堂。"

雷义的嗓音沉沉的，半开玩笑道："看来我们这辈子无论是同入江湖还是共进庙堂，注定是谁也甩不开谁了。"

半晌后，陈重张了张嘴，鼻腔发出细不可闻的声音。

"嗯。"

收好东西后，两人拿着行李在街上慢悠悠地走，夕阳将他们的影子拉得很长。

陈重："之前当值时花了太多，现在又没有俸禄，真是感觉天塌了……说好了，你可得接济我啊。"

雷义："天塌下来怕什么，有你嘴顶着。"

后来两人开开心心游山玩水了好多年，直到上面一道令下，将雷义推举成了茂才。

雷义自然不愿自己一人去做官，于是便向刺史推荐陈重。可惜刺史和当年那个太守一样，是个犟木头，怎么也不同意。

"别管我了，快去吧。"陈重弯着眼睛笑道。

雷义看着陈重不说话。

陈重："你看我干吗？"

雷义默默把头发散开，走到家门口，深吸一口气，而后夺门而出。

"啊啊啊啊！

"陈重不能当官我也不当了！

"啊啊啊啊啊！"

雷义疯了一样在大街上奔走呼喊了数日。陈重站在门口，满脸担忧地思考雷义的精神状态。终于，上头本着不能逼疯一个好官的原则，三公府同时征召了两人。雷义一撩头发，满意地冲陈重点点头。

"好兄弟，一起走。"

陈重本来都想去找大夫了，看雷义终于恢复正常，放心地松了一口气，伸出手帮他好好束起头发。

"你可知因为你这几天的举动，现在外面都称呼我们为胶漆。"

雷义："娇妻？什么娇妻？"

……

陈重：要不我还是找个大夫吧。

此后雷义出任了灌谒官，手拿天子符节监督郡国，由于发现太守、令、长犯罪者七十人，没过多久便被封为侍御史。

陈重一开始只任细阳县令，因为政绩极其优秀，所以升迁为会稽太守。后他又辞官，几经波折才被司徒征召，也去做了侍御史。[1]

陈重赴职这日，雷义站在御史台外等他。此时，两人已皆过半百之年。随着那抹熟悉的身影从墙角出现，雷义几乎跑着迎过去。

"没想到这次想和你同在一处任职，竟费了这么多功夫。"

陈重笑着抱怨道。

他鬓角的花白头发随风轻扬，眼尾多了些许细纹，可漆黑的瞳眸依旧闪耀如星子。

雷义望着陈重的脸，眼前依次闪现出这么多年的各种片段。伴随着两人身侧飘落的桃花，最终定格到学堂上见到他的那一刻。

少年眉眼如画，芝兰玉树。

雷义忽地有些后悔，要是那几年没有比，两人从最开始便是朋友了。

---

[1] 出自《后汉书·独行列传》。

"怎么了？"陈重看出雷义的表情不对。

雷义带着他往御史台内走，给他讲起自己方才在想什么。

陈重听后却是大笑起来。

"其实我早就表明过自己想法。而且我认为，就算是那几年，我们也是朋友。"

雷义不解。

周围桃花落英如雨，一如四十年前的私塾院子。

少年面上装得轻松，手却紧张到在宽大的衣袖里偷偷紧攥成拳。他回忆着对方的名字，咬字分外认真。

"你好，我叫陈重。

"重情重义的重。"

刎颈之交

WEN JING ZHI JIAO

文／拂罗

勇猛赤诚大将军廉颇

×

智勇谦和外交官蔺相如

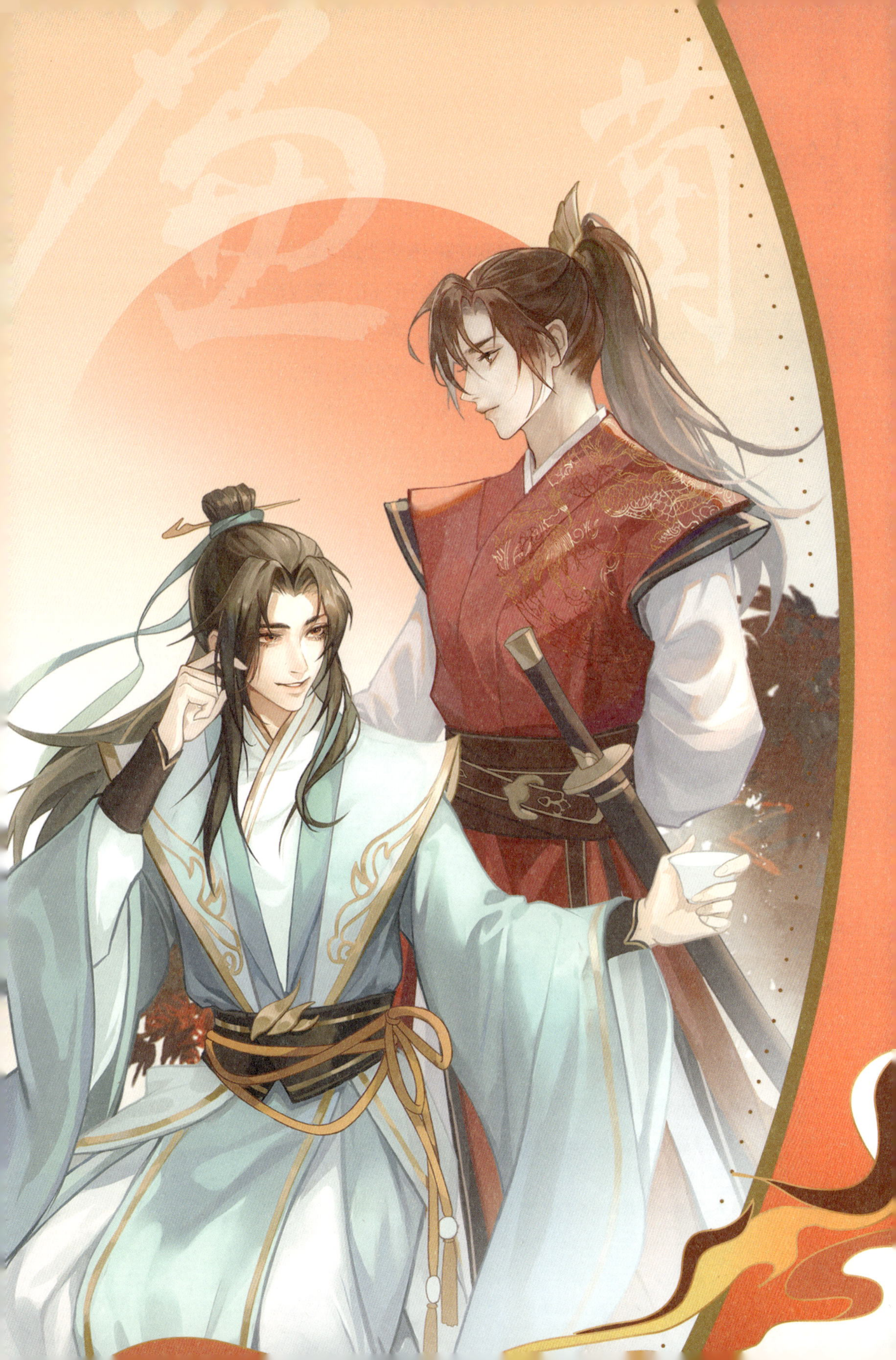

八拜为交

公元前283年，燕、赵、韩、魏、秦五国联军伐齐，赵之名将廉颇大破齐国，取阳晋，拜为上卿，以勇气闻于诸侯。

赵惠文王得和氏璧，秦昭王愿以十五城换此璧，赵王与大将军廉颇诸大臣谋，不得良策。宦者令缪贤举荐舍人蔺相如，蔺相如奉璧西入秦，完璧归赵，拜为上大夫。

公元前279年，秦王欲与赵王在渑池会盟谈和，席间令赵王鼓瑟，蔺相如以血溅五步为威胁，凛声请秦王奏缶。既罢归国，蔺相如拜为上卿，位在廉颇之右。

公元前260年，秦赵展开长平大战，赵近乎亡国，再无力与大秦分庭抗礼。[1]

……

当完璧归赵的壮举慢慢在烽烟里褪色，当负荆请罪的美谈匆匆在战乱中翻篇，赵国双璧的故事被孩子们编成童谣，天真无邪的传唱声回响于弥漫着兵乱阴霾的街头巷尾。

"将相和……"

其实，这童谣也曾传入十四岁的秦王嬴政耳中。

自周天子名存实亡以来，诸国合纵连横，局势瞬息万变，这乱世实在太过漫长，漫长到众人误以为这就是时代最终的模样。无人能预见，生于赵都邯郸的那位阴郁孤绝的少年，日后将会终结百年的割据纷争。

此刻，距秦发动灭六国之战倒计时十年。

一阵狂风刮过血流漂杵的大地，它捎来赵国子民的哭喊与呼救，掀起天下间的兵戈与血气，自大秦疾速侵袭东方六国，隐隐预兆着战国即将落幕的结局——

将军昨夜又梦见那些往事。

秋风在窗外呼呼刮了整晚，吹得这把老骨头锥心作痛，将军在床榻上辗转反侧，好不容易迷迷糊糊打了个盹儿，却又梦见自己参与五国伐齐的金戈岁月。那时距离他与蔺相如正式结梁子还有一年半，电光石火间，蔺相如还是那个身份卑微的门客，与他在廊下擦肩而过，形同陌路。

"嘿，蔺卿不认识我啦？"廉颇大大咧咧地追上去，"这么多年你去哪儿了……"

---

[1] 出自《史记·廉颇蔺相如列传》。

他粗糙的大手碰到对方单薄的肩膀，眼前人的背影却仿佛水中月亮，碎开涟漪。廉颇这才想起是梦，指尖不由得猛地一缩，好似故人是什么易碎玉瓷。

昔日为赵国征伐四方，不知害怕为何物，此刻他却突然感受到了一阵强烈的揪心。

没等廉颇回神，这场夜梦便仓促地结束了，连同他们两人剩下的故事也一并破灭。廉颇躺在床上听着风吹晃木窗的声音发呆，人老了之后的夜晚竟然如此残酷，连梦都做不到有始有终。

原来，最怕的莫过于梦醒。

当年负气离开赵国的人恰恰是自己。

如今辗转各国，赋闲多年，每夜却愈发真切地梦见故土的熟人们，一双双眼睛透着失望，有人沉默摇头，有人怪罪说"将军你还是如此任性"……有次终于梦见蔺相如，他朝廉颇缓缓抬眼，嗓音如同光润而清凉的一捧白雪："大将军，你又老了一点儿。"

或许只有在梦里才敢重回骄傲恣意的年轻岁月吧，可梦里杜撰出的故人让他觉得陌生。廉颇知道蔺相如绝不是那般温柔的性子，他虽然生了一副谦谦君子的皮相，骨子里却流淌着一抹极烈的决绝，如若不是这样的人，又怎敢两次孤身威胁秦王呢？

蔺卿啊，我当年一生气离开了赵国，你就不怪罪我么？本想挑灯写信，廉颇举笔思量许久，木牍上只写了寥寥几字：

"蔺卿如晤……"

罢了罢了，自己年轻时就不擅长咬文嚼字，还是动动老胳膊老腿，亲自去探望吧。

窗外晨光熹微，廉颇拄着拐杖推门出屋时，听见庭院里的扫地小童一口楚音，仍恭敬地尊称他为信平君："您今日也要出城去探望那位朋友吗？"

信平君，这还是他身在赵国立功时孝成王赐下的号。

他如今在楚国都城寿春居住多年，衣着打扮与当地老人无异，却仍旧听不惯楚人的方言，只沉默地朝门口蹒跚走远了。

小童依稀听过"赵国双璧"的旧事，他们在化敌为友之后，一文一武辅佐赵王，连强大的秦国都十分忌惮。只可惜"守成之君"赵惠文王逝世，年轻鲁莽的赵孝成王继位，双璧也随着长平之战的惨败而相继黯淡。

人啊，究竟是什么时候开始衰老的呢？

沙沙……

大风哗地掀起落叶，看来又要重扫了。小童叹了口气，无意间朝倔老头离去的方向瞥去，恍惚间竟看见一位高挑孤傲的大将军，战靴踩着落叶，在漫天飞旋的枯叶之间渐行渐远。

廉颇初次偶遇蔺相如的时候，对方还是个身份低微的门客。

五国伐齐之战刚过去没几年，年轻而神勇的将军还是诸侯公卿口中的主角，威名远扬，一跃成为赵王身边的上卿，无论走到哪儿都是群星捧月。[1]

"大将军果然一表人才！"

"恐怕连秦国那个'人屠白起'都不是您的对手吧？"

一声声夸张到极致的奉承，使年轻的天才将军内心愈发膨胀。赵齐两国抢了这么多年的阳晋，可是我率兵直取下来的，连王都要拉着我的手唤"爱卿"，试问这赵国还有谁敢不逢迎我？

有，还真有。

那就是赵国另一个低调的天才蔺相如，一介布衣，出身寒门，最不喜高高在上的贵族青年。

纵然是多年后，廉颇也会时时回忆起那个下午：那日他与宦者令缪贤在廊下相遇，发现缪贤身后默默跟着一个人。融融春光里，廉颇百无聊赖地一瞥，看清那是个风度翩翩的青年，虽然穿着粗制布衣，气度却远远超出那些望族子弟。

这是谁？

一个将军，一个宦官，君王身边的两位红人对彼此拱手行礼，自然又惹来一片下官奉承声。在缪贤离去时，他身后的布衣青年亦与廉颇擦肩而过，身形款款，步伐谦谦，走远了。

无论态度还是眼神，丝毫没有想与大将军搭话的意思。

---

1 《史记》：廉颇者，赵之良将也。赵惠文王十六年，廉颇为赵将，伐齐，大破之，取阳晋，拜为上卿，以勇气闻于诸侯。

被无视的廉颇莫名郁闷……

"大将军有所不知,那位名叫蔺相如,是缪贤的门客。"旁人凑过来告诉他,"前段日子缪贤犯罪,背着刀斧来向大王请罪,求得原谅,听说背后正是蔺相如出的主意……"

门客又称舍人,通常是出身低微的有志之士,被达官贵人供养在府中,重要时刻能出谋划策。此乃贵族们竞相攀比的一种风气,就连廉颇自己也跟风养了不少舍人,当然,他们大多是来混口饭吃的。

缪贤的事,廉颇也略有耳闻。听说缪贤犯罪后惊恐万分,几乎要逃到燕国去,被蔺相如给及时拦了下来,这才没有因一时冲动而丧命,从此他奉蔺相如为座上宾,以礼相待。

不过是有几分小聪明的门客罢了。高傲的年轻将军一声冷哼,拂袖而去。

簪缨世胄出身的贵族,并不会将微如尘芥的草民放在眼里,后来因战事太忙,廉颇也就将脑海中的那一抹青年侧影忘了个干净。

光阴似箭离弦,随着两人渐远的距离而悄然流转,两个青年在史书外的这次意外初遇,并未被撰成文字。过了很久很久以后,廉颇才从蔺相如口中偶然得知真相——

其实,当年蔺相如听清对方冷哼,若有所思,回头一望。

而廉颇没有察觉。

几年后,廉颇正式听见"蔺相如"这个名字时,对方赫然成为赵国的天降救星,即将带着和氏璧出使大秦。

那时赵惠文王还活着,廉颇见过那块玉璧,玉色溢彩,令人倾绝。传说它原是楚国至宝,后来几经流转到了赵宫,秦王听说以后,便提出以十五城换此璧。[1]

"大王不可换!秦人向来言而无信,倘若把玉给了秦王,秦城恐不可得啊!"

"秦国强大,要是咱们不同意换玉,他派兵攻赵,该怎么办?!"

百官在早朝大殿内吵作一团,决定派个使者去秦国回复秦王,却迟迟找不到合适的人选。就在赵王愁眉不展之际,宦者令缪贤站了出来:"臣的门客蔺相如可使。"

---

[1]《史记》:赵惠文王时,得楚和氏璧。秦昭王闻之,使人遗赵王书,愿以十五城请易璧。

赵王颇意外："你怎么知道？"

于是缪贤当着大王的面，将自己与蔺相如那段故事娓娓道来。

"此人有勇有谋，派他出使正合适。"[1]

赵王未因缪贤曾有叛心而愤怒，他万分喜悦地召见了蔺相如。

当蔺相如在文武百官的注视下，一步步走进朝殿的时候，他看到缪贤与众臣紧张的面孔，还有那日偶遇过的大将军，对方正以一种高傲的姿态打量自己。

无声之中，两个年轻天才的视线已交锋了数次。

赵王迫不及待地问蔺相如："秦王以十五城来换璧，寡人是给还是不给？"

"秦强而赵弱，以城求璧而赵不许，理亏在赵；赵予璧而秦不予城，则理亏在秦，权衡二者，宁可让秦理亏。"蔺相如稍加思索，语气里泛起一丝生死度外的淡然笑意，"倘若大王无人可派，臣愿奉璧西使。"

轻描淡写的话语落下，满朝文臣蓦地静了静。

寥寥四字，暗藏重重杀机，秦乃天底下最强大的国家，怀揣价值连城的宝物远赴咸阳，实在是赴死般的疯狂举动。

"倘若秦王遵守约定，臣便将和氏璧留在秦国，倘若秦王撕毁约定，臣一定将和氏璧完好地送回赵国。"

奉璧西使，此去注定九死一生。

完璧归赵，和氏璧能完整地回到赵国，可带着和氏璧出发的那个人呢？

早在受召进宫的前一刻，蔺相如便冷静地意识到这是个好机会，能否从一介草民变为留名青史的臣子，全在唇舌间。

所幸自己本就出身贫寒，少年时吃尽了人世的苦头，今日真要孤注一掷，倒也没什么遗憾与牵念。

蔺相如看得淡然。

在君臣凝重的注视下，他慢慢上前行礼，双手接过盛着和氏璧的锦盒，感受到它深厚而沉重的分量。

"臣向来不会失约。"

---

[1]《史记》：宦者令缪贤曰："臣舍人蔺相如可使。"王问："何以知之？"对曰："臣尝有罪，窃计欲亡走燕。臣舍人相如止臣曰……臣窃以为其人勇士，有智谋，宜可使。"

杨柳依依，群臣挥别。蔺相如就这么离开了，正如他出现时那般从容。

他说要完璧归赵，完璧二字，或许本就不包括他这送璧的使者。

廉颇目送对方离开邯郸时，他其实并不觉得此行多么凶险，自然也看不起那些神色惶惶的文臣。他的整个少年时代都在马背上度过，与刀剑长弓作伴，重复着严酷的作战训练，受伤了便用唾沫止血，然后爬起来继续挥刀，终于在长大后一战成名，位列上卿。

诸侯国向来没有真正的和平，只有吞并与厮杀，士为知己者死，像他这般锋利的快刀，注定要为了他的明主而剑指诸王的头颅。

缪贤翘首以盼的样子活像一个老父亲，众臣忐忑不安地猜测着此行的结局，而廉颇懒洋洋地叼着草叶，笑了一声，在郊外正盛的春光里转身离去。

轻狂自满的将军身后，那悠悠春风自邯郸涌起，遥遥向西吹向大秦的地界。西边有繁华巍峨的咸阳城，还有渭水南岸的章台宫，蔺相如与随从们的身影如同几点雁影，正要飞入杀机重重的章台，宫里那饮酒作乐的等候者正是秦昭襄王，看架势，好似和氏璧唾手可得。

见蔺相如奉璧而来，秦王大喜，传以示美人及左右，左右皆呼万岁。

但正中之前推测，秦国果然不肯交城，这场交换从一开始就是掠夺！蔺相如深吸一口气，从容地压下心头将燃的烈焰，上前行礼："璧有瑕，请让我为大王指出。"

秦王未起疑心："你快说说，瑕疵在何处？"

风度翩翩的使者接过玉璧，后退几步，后背倚柱，眼中柔软的温润骤然化作骇人的冷冽，他将价值连城的和氏璧高高举起，凛然放声——

"臣以为布衣之交尚不相欺，况大国乎！大王必欲急臣，臣头今与璧俱碎于柱矣！"

天蒙蒙亮，廉颇惊醒。自己好像做了个噩梦，梦见蔺相如客死秦国，怒不可遏的秦王下令攻赵……他猛地从床上跃起，高喊命人速速备马。

"将军又做噩梦了？"

屋外响起随从担忧的声音，廉颇慢慢冷静下来，想起不久前的事。

蔺相如没能回来。前几日，归国的是当初陪同蔺相如去秦国的随从。

据随从说，蔺相如料定秦国言而无信，便以摔玉威胁秦王斋戒五日，再暗地里命他乔装成平民，怀中藏着玉璧，抄近路赶紧将宝物送回赵国。[1]

完璧归赵，他不会失约。满朝大臣哗然，仿佛已经看到蔺相如被乱刀斩于秦宫的惨状。

"蔺卿还说什么了？！"赵王拍案。

"他只说了四个字，"随从支支吾吾，"他说……自有办法。"

廉颇也说不清为什么，噩梦从那天开始纠缠他，每夜他梦见秦兵攻赵，而自己跨马上阵，孤身在黑压压的秦甲中冲锋，不断厮杀，厮杀……没有尽头。

蔺相如只是一介文弱书生，他孤身留在秦宫周旋时，也会是这般心情吗？

荒唐的噩梦一直持续到蔺相如回国。

那日依依杨柳下辞别邯郸的身影，在雨雪开始飘落前安然归来，车马劳顿，归途道远，蔺相如的身形比出发时更清瘦了不少。

赵王欣喜下旨——

"蔺相如身为使臣而不负使命，代表赵国外交而不受诸侯欺辱，封为上大夫！"[2]

廉颇突然冒出一个鬼使神差的念头，他想走过去跟这家伙说说话。但蔺相如的身影此时被群臣团团围住，幢幢人影将他们二人的距离再次隔开，无论怎么走，都靠近不了彼此。

那些人，本该围绕在他这个大将军身边。廉颇沉默站定，拂袖而去。

他并不知道，自己倔强的背影正映入对方眼底。

"恭喜恭喜，蔺大夫……"

蔺相如静静地注视着离去的将军，第二次露出若有所思的表情，他发现对方身上似乎总有种不融入世俗的桀骜，虽倨傲，却不阴险。

继而他想起秦宫内的对话——

秦昭王斋戒五日归来，面对两手空空的蔺相如，不禁与臣子们面面相觑。

---

1 《史记》：相如度秦王虽斋，决负约不偿城，乃使其从者衣褐，怀其璧，从径道亡，归璧于赵。
2 《史记》：相如既归，赵王以为贤大夫使不辱于诸侯，拜相如为上大夫。秦亦不以城予赵，赵亦终不予秦璧。

"自穆公以来的二十几位秦君,从未有一人坚守誓约,我诚恐被大王欺骗,所以先命人持璧回国了,倘若大王想要,就请派使者到赵国去交换吧。"蔺相如不卑不亢地拱手行礼,"臣知欺大王之罪当诛,臣请就汤镬,唯大王与群臣孰计议之!"

秦殿内一片躁动。

左右怒嚷要把蔺相如拖下去斩了,秦王摆摆手,一声叹息:"罢了,今天杀了蔺相如也不能得璧,反而破坏秦赵两国的交情,放他回去吧!"[1]

蔺相如知道自己能活着回国,绝不全是靠着气魄,更重要的是赵国强大的国力,使秦王不敢轻易得罪。

廉将军大破齐国那一战,使赵国威名远扬。

他其实,早就已经没那么不喜廉颇了。

蔺相如的这些心思,廉颇自是浑然不觉。二人出入朝堂,抬头不见低头见,廉颇却不乐意搭理蔺相如。就算偶尔并肩,也必是廉颇冷哼一声快步朝前,蔺相如谦和低调,微笑着任他先过去。

"将军请。"

满朝文武都知道,廉颇与蔺相如关系不和。

一年后,秦赵关系逐渐恶化,两国不断开战,陷入僵持。秦昭襄王决定先跟赵国谈和,好腾出兵力攻楚,于是约赵王来渑池赴宴。

赵王惊骇不已。

这害怕不是没理由,毕竟楚怀王便是在武关会盟时被秦昭襄王扣押,死在了逃跑路上,下场十分凄惨。

在廉颇印象里,这是自己第一次与蔺相如达成共识,共同说服赵王动身:"外交最忌气馁,大王此番倘若不去,就会显得我赵国软弱可欺。"

这次伴君侧的人是蔺相如,而廉颇则留下排兵布阵,以防不测。

"大王行期不会超过三十天,倘若三十天不还,则请立太子为王,以打消秦王要挟赵国的念头!"临行之日,廉颇大步上前,字字斩钉截铁,仿佛能斩断春风。[1]

---

[1]《史记》:秦王与群臣相视而嘻。左右或欲引相如去,秦王因曰:"今杀相如,终不能得璧也,而绝秦赵之欢,不如因而厚遇之,使归赵,赵王岂以一璧之故欺秦邪!"卒廷见相如,毕礼而归之。

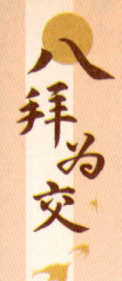

这话听来大逆不道，但必须要有人站出来。廉颇再抬起头，他看见赵王表情悲壮地点了头，而君王身后的蔺相如正静静注视着他，深邃眸底泛起他看不穿的熠熠神采。

像欣赏，也像敬佩。

很久以后二人煮酒夜谈，廉颇笑着提起那个眼神，得到蔺相如认真的回答："我当时，忽然很想跟将军交个朋友。"

难怪。

多年后的廉颇忆起渑池会盟，他记得大王如何激动地描述蔺相如的英勇，如何在宴会上与秦王周旋，如何保护自己顺利归国——

"赵王窃闻秦王善为秦声，请奏盆缶秦王，以相娱乐。"

"五步之内，相如请得以颈血溅大王矣！"

"召御史记下！今日秦王为赵王击缶！"

多年后的廉颇也会记得，在归国退朝以后，刚晋升为上卿的蔺相如忽然拦下自己，悠悠笑问那句——

"廉卿现在可愿意与我交个朋友？"

廉卿？朋友？

廉颇倏地想起初遇的午后，舍人蔺相如穿着一身素白布衣，垂目走在缪贤身后，那卑微到尘埃里的模样。而眼前身着深衣官服的蔺上卿，正安静微笑着，颇有耐心地等候答案。

那时廉颇只觉得对方是在嘲讽自己。

赵王旨意：以相如功大，拜为上卿，位在廉颇之右。

——自己连年作战，搏得满身旧伤，难道还不如区区门客的几句话功劳大吗？

嫉妒如扭曲的藤蔓疯狂滋长，连他自己都难以置信。廉颇冷着脸迈步，结实的肩膀不轻不重地撞了一下蔺相如的肩，他感受到对方几乎被他撞了个趔趄，这才想起蔺相如一介文臣的身子骨不能与武将相比。

---

1 《史记》：秦王使使者告赵王，欲与王为好会于西河外渑池。赵王畏秦，欲毋行。廉颇、蔺相如计曰："王不行，示赵弱且怯也。"赵王遂行，相如从。廉颇送至境，与王诀曰："王行，度道里会遇之礼毕，还，不过三十日。三十日不还，则请立太子为王。以绝秦望。"王许之，遂与秦王会渑池。

有点儿后悔。

不久以后，心中最后那点儿悔意也荡然无存。自从蔺相如得势以后，蔺府门庭若市，看得人好不羡慕，偏偏这可恶的家伙还阴魂不散，故意在他眼前晃来晃去。

某日，蔺相如再唤住他："廉卿……"

谁是他的廉卿啊？

"我乃赵国大将，有攻城野战之大功，你蔺相如只不过是区区一介草民，靠着一张嘴居我之上，我受不了这个耻辱！"廉颇忍无可忍，破口大骂，"以后我见你一次就骂你一次，诸位都为我作证！"[1]

他看见蔺相如第一次露出错愕的神情。

那张能言善辩的嘴，究竟会如何反驳自己？是拿出持璧撞柱的决绝？还是血溅秦王的架势？

廉颇莫名紧张地咽了下口水。

蔺相如垂了下眼，然后一言不发地离开了。

从那以后，蔺相如态度一转，开始躲着廉颇。他们俩似乎回到了擦肩不识的岁月。一开始，每逢廉颇在上朝时开口议事，蔺相如立即沉默不语；再后来，蔺相如竟多日不来上朝，宁可请病假也不愿跟廉颇争位次。

装什么清高？！

廉颇被气个半死，满腔怒火无处发泄，甚至总想围堵蔺相如。朝堂渐渐传闻，说廉颇将军最近不知怎么，像个开屏的公孔雀一样追着人家显摆。

廉颇：？

某日，二人的马车狭路相逢，廉颇忙不迭地下令："快！给我追上他！"

骏马气势汹汹地拉起华美的车子，轰隆隆朝着蔺相如的方向逼近，就在廉颇摩拳擦掌想要大干一场的时候，他看见坐在车里的蔺相如垂了垂眼，平静下令，掉转车头——

---

[1]《史记》廉颇曰："我为赵将，有攻城野战之大功，而蔺相如徒以口舌为劳，而位居我上，且相如素贱人，吾羞，不忍为之下。"宣言曰："我见相如，必辱之。"相如闻，不肯与会。相如每朝时，常称病，不欲与廉颇争列。已而相如出，望见廉颇，相如引车避匿。

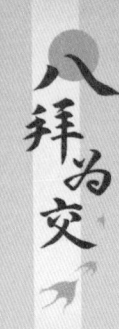

态度谦和中甚至带着几分恭敬。

廉颇愣了下。他迟钝地意识到，蔺相如好像不是故意装清高，是怕他。

此事很快传得沸沸扬扬："那位蔺上卿，其实见了廉颇大将军吓得扭头就走！"

目的终于达成了，那些奉承者也都回来了，蔺相如的名声一落千丈，而廉颇心中却没有报复成功的快感。他反复回味蔺相如说过的那些话，这个人似乎总是把"家国天下"之类的词挂在嘴边。

越想越不是滋味。

初遇那日，蔺相如能让自己多看一眼的理由，其实很简单：这个贫贱的布衣青年，眼里仿佛承载着一个无垠的山河。

那么……自己呢？打仗是为了国家，还是为了名利？

某一天，廉颇终于对奉承话感到厌烦，挥挥手让这些人滚蛋，自己则在热闹的邯郸城漫无目地乱逛。路过蔺府，门客闲聊，他偶然听他们聊起一个秘密，使他惊醒的秘密。

"哎，你们知道吗？舍人曾集体进谏对上卿说，我们之所以辞亲来侍奉您，正是仰慕您的高义。如今您和廉将军同列，廉君口出恶言，您却吓得百般躲避，庸人尚感到耻辱，更何况将相乎！"

"当时蔺上卿叹了口气，回答——

'相如虽驽钝，却连秦王都不怕，又怎会怕大将军呢？只是强秦之所以不敢攻打赵国，正是因为有大将军与我在这里啊！'"

原来，蔺相如始终内心坦荡，从未否认过廉颇的功劳。他的问候是真，想做朋友也是真，至始至终赌气的人只有廉颇。

"廉卿""蔺卿"……

——你我本可以成为挚友。

从年少开始驰骋沙场的大将军，终于初次体会到什么叫丢盔弃甲的狼狈。廉颇火速赶回将军府，咬咬牙，将自己的衣裳一脱。

随从大惊："难道将军要牺牲色相……"

"少瞎说，速速去准备荆条！"

天色蒙蒙亮，当蔺相如听说大将军登门拜访时，他思索片刻，心中已然有了答案。众目睽睽之下，高傲的将军背着荆条，满脸羞愧地候在这里谢罪。

"蔺上卿，我乃鄙贱之人，不知您宽厚至此！"

半响。

一抹笑意慢慢从蔺相如唇角扬起，他慢悠悠伸手——

廉颇心里打鼓。

这手，可是当年差点儿摔碎和氏璧，又差点儿捧缶血溅秦王的手啊！该不会真打下来吧？虽说自己说话确实欠揍……罢了，给他抽两下解解气又何妨！

视线里，蔺相如的指尖洁净白皙，他慢慢握起廉颇布满旧疤的手，声音温和而坚定：

"将军，你手中的兵器，正是我出使秦国的底气。"

卒相与欢，为刎颈之交。[1]

从此以后，他们被世人誉为赵国的双子星。

从青年至老年，在邯郸共事的几十年，无论是闲暇煮酒夜话，袒露彼此不为人知的年少事，又或是在朝堂之上激烈雄辩，退朝后再耐心转身，等候对方跟上来……一幕幕都被掩埋于史册背后，成了两人间的秘密。

佳话走向结局，却罕有人知晓结局之外的故事。

两个老友，一个病逝故里，一个流离他乡。

公元前266年，赵惠文王逝世，太子赵丹即位，这位新王后来被称作赵孝成王。

老年的廉颇有时会感慨，与那人作为挚友的二十年竟如长风，吹过一阵以后什么都没有剩下。在史书背后的时光里，两个青年亲眼见证彼此变老，某一方的鬓边先染上了斑白。

---

[1] 出自《史记·廉颇蔺相如列传》。

八拜为交

很多记忆都随着年迈徐徐晕开，可廉颇唯独记住这个画面：那日大雪，群臣退朝，蔺相如随意拔下他头上的一根白发："大将军，你老了。"

"哪儿的话！长了根白头发，算什么老！"廉颇哈哈大笑，"等你也长了白头发，我可要好好嘲笑你！"

蔺相如微笑："拭目以待。"

——赵人皆知，蔺上卿向来不会失约。

——只有廉颇知道，老友的病已经药石无医。

公元前259年，赵国与秦国在长平展开大战。

秦王向来老谋深算，极有可能暗中将白起调来前线，廉颇不敢轻敌，沉着地采用固守营垒之法，将每一步计划都收入心中。

"传我命令，无论秦将如何叫嚣都不必理会。"

廉颇不再是当年那个鲁莽自负的青年将军，远在邯郸的新王却沉不住气，以为廉颇怯战，恼怒下令："这样下去何时才能得胜！快用赵括把老将军换下来！"

赵括，正是纸上谈兵的那个赵括，他自信满满地撤销了廉颇的部署，不久后惨败于秦将白起的刀下，连同被坑杀的四十多万赵军一同化作亡魂。

而蔺相如大约是在听闻噩耗之后郁郁去世。

很久以后廉颇才知道，留在邯郸养病的蔺相如曾拼死爬起来，支撑着不再年轻的身子，迟缓地走完长长的台阶，一步步迈向大殿，极力阻止赵孝成王的决定。

"赵括只擅长读他父亲传下来的兵书，并不懂得灵活应变……恳请大王收回成命，让廉将军继续对抗秦军！"

面对着野心勃勃且年轻气盛的新王，病重的蔺相如蹒跚上前，咬着牙一拜、再拜。

"……恳请大王收回成命！"

当初几十步就能走完的台阶，如今何故如此漫长，漫长得仿佛没有尽头一般？

他还是那个完璧归赵的蔺相如，却不再是当年那个孤胆入咸阳的蔺相如。老臣憔悴的病容让年轻的王感到厌倦，他摆摆手命人搀蔺上卿回去休息，还说今后就不必抱病来上朝了。

满目山河，烽烟疮痍，远方秦兵正来势汹汹，眼前君令不可违背，蔺相如慢慢意识到，他与廉颇数年的苦心经营已化作泡影。[1]

腥甜血气凝结，不断从口中咳出，那独自进谏的道路宛若白梅溅血，他的身影如玉碎于殿前。

蔺相如被搀上病榻慢慢睡着了。他梦里有春光融融，自己刚乘上那辆离开邯郸的马车，最熟悉的故人们在城门口挥手惜别，目送他的车子徐徐向西驶往咸阳。

这一次，蔺相如回过头，他看见高傲的青年将军正站在众人中央，叼着草叶，敷衍地朝他挥着手。

他在梦中微微扬起唇角，这一觉，再没有醒来。

廉颇回城那天，恰逢邯郸降雪，他冷不防看见蔺府挂起的白幔与雪天融为一体，明晃晃刺得眼睛疼。满城响彻哭别声，廉颇用力揉了揉眼，没由来地想起士兵们常唱的《采薇》。

昔我往矣，杨柳依依。

今我来思，雨雪霏霏。

行道迟迟，载渴载饥。

我心伤悲，莫知我哀。

后来，秦军围邯郸整整一年多，所幸别国出兵来救，这才解除了亡国之危。

再后来，赵孝成王也算是痛改前非，他派廉颇击退燕国，在史册留下这场以少胜多的鄗代之战，功臣廉颇则被赐号"信平君"，假相国。

白发苍苍的廉颇上前接旨，表情无悲无喜。

漫天飞雪。

迈出朝殿的那一刹，他恍然又看到蔺相如站在台阶之下，回身朝他笑望，而群臣浑然不觉，自蔺相如的幻影间纷纷穿过。

---

[1]《史记》：七年，秦与赵兵相距长平，时赵奢已死，而蔺相如病笃，赵使廉颇将攻秦，秦数败赵军，赵军固壁不战。秦数挑战，廉颇不肯。赵王信秦之间。秦之间言曰："秦之所恶，独畏马服君赵奢之子赵括为将耳。"赵王因以括为将，代廉颇。蔺相如曰："王以名使括，若胶柱而鼓瑟耳。括徒能读其父书传，不知合变也。"赵王不听，遂将之。

八拜为交

拜相，本该是属于另一个人的愿望。

老友病逝后，这赵国愈发让廉颇感到陌生。

公元前245年孝成王去世，其子赵悼襄王继位，解除廉颇军权的戏码再度上演。这一次，廉颇率兵赶走顶替他的乐乘，黯然离开了自己尽忠了一辈子的土地。

往后数年，从魏国辗转到楚国，皆落寞不得重用。人啊，究竟是什么时候开始衰老的呢？

也许只是一瞬之间。

其间赵国屡次被秦兵围攻，赵悼襄王遣使者前来探望廉颇，看看他是否还有力气上阵杀敌。廉颇在那使者面前一口气吃了十斤肉，还精神抖擞地披甲骑马，以证明自己不老，却不料那使者早被廉颇以前的仇人郭开贿赂，回国后未说实话。

赵悼襄王以为廉颇年迈，遂取消任用。

——凭谁问，廉颇老矣，尚能饭否？[1]

赵将廉颇的故事就这么结束了，怒焰的余烬里，只有一个楚国老人的漫长回忆。

楚国都城，寿春郊外。

沙沙……

四野有风吹过，年迈的老将军回过神，发现自己守在碑前打了个瞌睡。

他的老友从来不曾沉睡于楚地，而是长眠于遥远的赵国，但他还是固执地在这儿立了碑，无字碑——就算终有一天自己老死，也不会有人猜到这石碑的主人是谁，更不会有人知道是谁在祭奠。

这几年，他时常来这里坐坐，只为了借着回忆睡个好觉。长梦里有回廊，回廊下有故事，故事里有那个年轻自负的大将军，还有迎面朝他走来的白衣门客。

廉颇遥遥听见清脆的呼唤，是小童气喘吁吁来找倔老头了，那口型分明是：

"该——回——啦——"

于是，倔老头慢慢拄起拐杖。

---

[1] 出自辛弃疾的《永遇乐·京口北固亭怀古》。

"相如！我老喽，以后就不能来看你啦！"

他突然回身对着遥遥的青山呼喊，像个尽兴晚归的少年。沙哑粗糙的嗓音越过亡人的碑，穿过重山，淌过江水，随着几行归家的雁一路飞往赵国的方向。

那声音又好似一封信，它在岁月烟尘里偷渡，逆着史册向后溯游，被那股掠过草尖的劲风捎去了更远的远方。

但他明白，信的那头再不会有另一个熟悉的身影，等候着他。

廉颇一为楚将，无功，曰："我思用赵人。"廉颇卒死于寿春。[1]

【知己留音】

1 出自《史记·廉颇蔺相如列传》。

忘年之交

文/拂罗

❖ 刚直不阿大贤士孔融

❖ 高傲狂妄辩论家祢衡

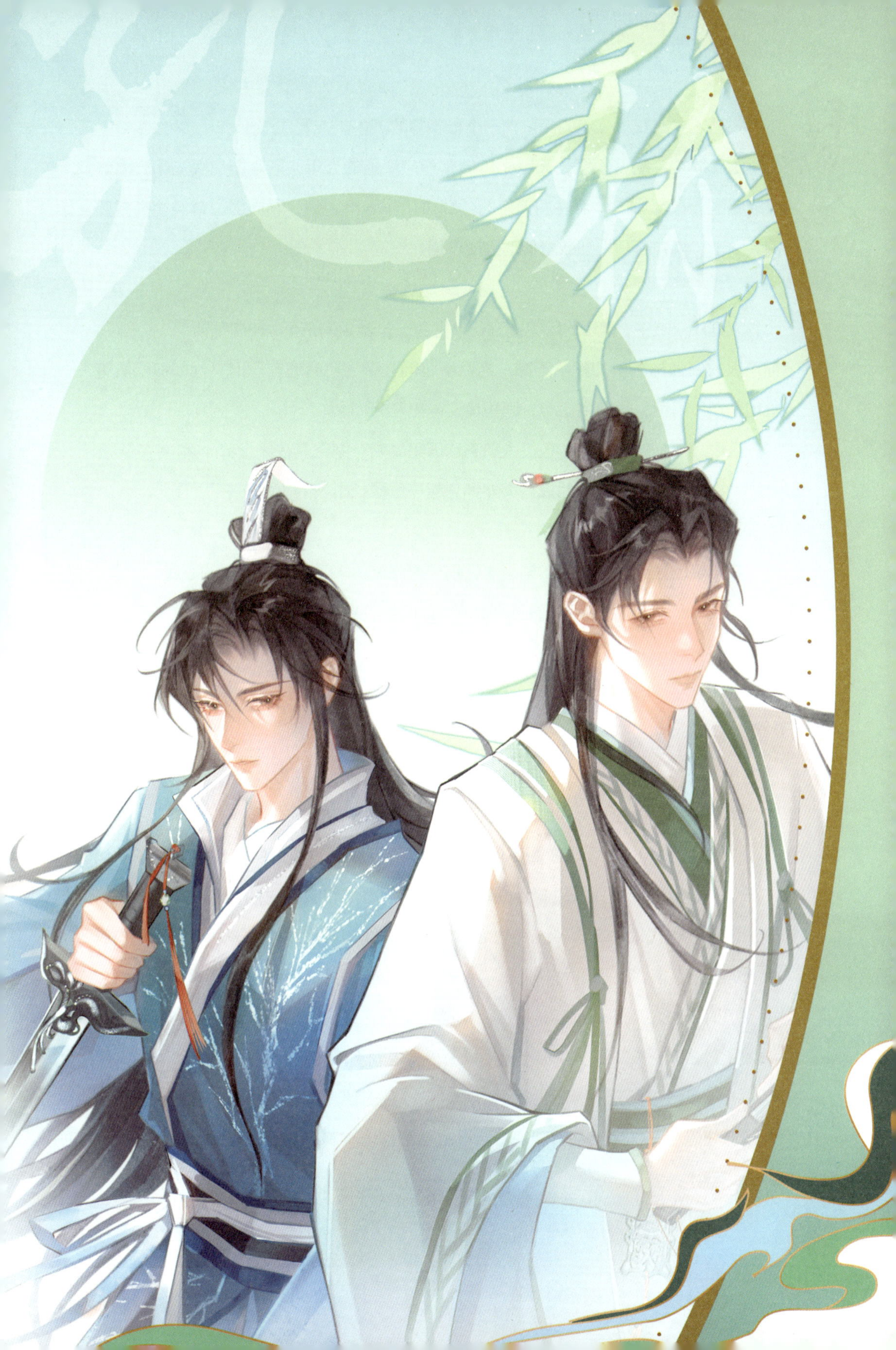

八拜为交

孔融死在建安十三年的深秋，一个极平常的下午。

山雨欲来，阴云压城，天空中仿佛有一只漆黑的大手，紧紧扼住汉王朝支离破碎的咽喉。许都城内，百姓们愤怒的唾骂声化作唇枪舌剑，刺向那位曾经德高望重的大学士，争先恐后地细数着他的大逆不道。[1]

大庭广众之中，年迈的囚犯被五花大绑着一步步迈向刑场，披枷戴锁，麻衣破烂，神情里的倔强与庄重却丝毫不减。当监斩官问孔融"可有遗言"时，他如孤松般笔直地站在风雨里，听着闷雷声，眼里竟流露出几分怀念。

人群哗然，猜来猜去，也没人猜到这囚犯最后一刻究竟在怀念着什么。

只有孔融自己知道，他只是突然怀念起一位擅长击鼓的小友——

"咚隆隆、咚隆隆……"

在年轻的狂士血溅游船的第十年，那鼓声终究传入了年迈大学士的心底。

"文举啊，你现在可认清了曹操的真面目？现在可听清了我这一首《渔阳掺挝》？"

【第一鼓】

早在遇见祢衡的几十年前，孔融已是街头巷尾热议的天才。

与出生在小小般县的祢衡不同，孔融出生于鲁国的书香门第，作为孔子的第二十世孙，自幼便与兄长过着万众瞩目的日子。鲁地在春秋时期乃是孔子的故乡，这里的百姓也代代沿袭着传统礼教之风：父子之礼、君臣之礼……从两百多年前汉武帝"罢黜百家，独尊儒术"以来，大汉以孝治国，孔家一脉的名士更是备受尊敬。

那时黄巾之乱还未掀起，日薄西山的汉室迎来最后一抹和平的余晖，四岁的孔融因让梨之事令长辈们啧啧称奇，十岁时更是受到洛阳名士李膺的欣赏。[2]

孔融虽已年近五十，却仍然记得那件事：那时曹孟德尚未挟天子以令诸侯，汉朝京城还是洛阳，父亲孔宙曾领着自己来洛阳拜访李膺，却吃了个闭门羹。原来李

---

[1]《资治通鉴》：壬子，太中大夫孔融弃市。
[2]《后汉书》：孔子二十世孙也。七世祖霸，为元帝师，位至侍中。父宙，太山都尉。融幼有异才。

膺素以简重自居，不轻易见亲戚之外的宾客。

小孔融眨眨眼睛，起了好奇心，他大大方方上前告诉门人："我是李君的亲戚，还请你去通报一声。"

见这孩子气度不凡，门人将孔融引进门中。正在宴客的李膺听门人通报完后，看着小小的孔融，客客气气地问："你与我有什么亲戚关系呢？"

当着众多宾客的面，小孔融毫不怯场，拱手作揖，脆生生笑答："李君您有所不知，从前孔子曾向老子请教过问题，孔子是我的祖先，老子是您的祖先，所以我与您也是世交呀！"

在场的客人们惊奇极了，不禁十分喜爱这个聪明伶俐的孩子，说他不简单。只有姗姗来迟的太中大夫陈韪不以为然，酸溜溜地开口："哎呀……这小时候聪明，长大以后可未必啊！"

话音未落，十岁的小孔融不假思索地反驳："观君所言,您小时候一定很聪明吧！"

这话把陈韪噎得无言以对，满堂宾客笑成一团，而李膺伸手拍拍孔融的肩膀，哈哈大笑："你这么聪明，将来必成大器啊！"[1]

从洛阳回到家乡以后，小孔融日日刻苦读书，幻想自己长大后作为汉臣名留青史的风光。倘若难得有了闲暇，他便会溜进山中散步，摘果子，喝溪水，抱膝靠坐在大树下，尽情地听林间啁啾的鸟鸣。

有次，小孔融在林间捡到一只鹦鹉，他那时还不知道这种美丽的鸟儿叫什么，只是觉得它聪明伶俐，可爱极了，便逗弄着鹦鹉教它学舌："我叫孔融，孔文举……"

鹦鹉很快就学会了，却偏偏不叫他文举。

"孔融，孔融。"

小孔融耐心纠正他："你比我小，不可以直呼我的名字。"

"孔融，孔融！"鹦鹉叫得愈发响亮了。

望着蹦蹦跳跳的任性小鸟，孔融有些郁闷，转念一想却又哑然失笑，自己怎么能奢求一只自由的鸟儿遵从世俗教条呢？

---

[1]《后汉书》：膺请融，问曰："高明祖父尝与仆有恩旧乎？"融曰："然。先君孔子与君先人李老君同德比义，而相师友，则融与君累世通家。"众坐莫不叹息。太中大夫陈炜后至，坐中以告炜。炜曰："夫人小而聪了，大未必奇。"融应声曰："观君所言，将不早惠乎？"膺大笑曰："高明必为伟器。"

八拜为交

回家半路，他突然远远瞥见几个富贵人家的仆从，逢人就问"可否见过我主人家新买的鹦鹉"，原来这鹦鹉是捕鸟人从西域抓来的，辗转万里，只为了成为雕笼里的玩物。

身穿华服的仆从们正朝着这边匆匆走过来，即将发现这边的一人一鸟——

多年以后，当孔融目送祢衡一步步消失在大雪深处的时候，他发现自己早就记不清这件事最后的结果。自己是乖乖将鹦鹉还了回去，还是将它放飞了呢？再忆起那天，他只记得碧空清澈，山风悠长，与数年后硝烟弥漫的天下截然不同。

寒来暑往，当小孔融不再留恋大山的时候，他已然长成了一个嫉恶如仇的正直少年，并且很快又做出了一件震惊乡里的大事——冒着杀头之罪，包庇通缉犯张俭。

张俭是汉朝名士之一，高风亮节，乐善好施，为了坚守道义不惜触怒宦官。在"党锢之祸"开始时，张俭受到诬陷，流亡民间，一路上许多百姓冒着杀头的风险收留他。

当时孔融父亲孔宙已经去世，家中诸事乃是兄长孔褒扛起。某夜，当张俭一身狼狈地逃至孔家时，却得知好友孔褒有事出门了，家里只剩下十六岁的孔融。

孔融客客气气地对他拱手："元节何故深夜来访？"

望着眼前面容稚嫩的少年，张俭迟疑一下，并未将自己的处境告诉这孩子。正要离去，孔融却看穿了他脸上的窘色，叫住他："兄虽在外，我难道不能为您做主吗？"[1]

——父亲生前曾教导过自己，越到家国存亡之际，天下名士就越该团结一心，此乃自古流传下来的文人风骨。孔融知道，倘若兄长在家，他一定也会做出相同的决定。

于是张俭在孔家住下，躲过了追兵们的搜捕。后来，此事败露，孔家兄弟送张俭逃走，兄弟俩却被官府丢入大牢，面对这对神情同样坚毅的兄弟俩，官府竟不知该判谁死刑。

孔融面不改色："私藏张俭的人是我，死罪在我。"

孔褒同样站出："张俭是来找我，不是来找我弟弟，我甘愿领死。"

官吏们一时没了主意，去问兄弟俩的母亲，却不料孔母毫不迟疑地答："这个

---

[1]《后汉书》：时融年十六，俭少之而不告。融见其有窘色，谓曰："兄虽在外，吾独不能为君主邪？"因留舍之。

家里承担家事的长辈是我，罪责在我！"

母子三人，一门争死！

这事在郡县里传得沸沸扬扬，很快传到了京城，天下人都为之震撼。郡县官员疑不能决，只好向朝廷请示，最后一封诏书传来，定兄长孔褒有罪，当诛[1]。

自此，昔日热闹的氏族大家只剩下孔融与母亲相依为命。

多年以后的孔融，仍旧会想起兄长一步步迈向刑场的从容，围观杀头的百姓们被震撼得鸦雀无声。当少年强忍泪水、迫切地望向刑台时，他看清哥哥嘴唇开合，笑着说——

"君子不避死，杀身成仁，别哭。"

屠刀起落，连同四岁那年兄弟让梨的笑谈，也一并被匆匆掩埋于往事中。

孔融将哥哥的话谨记在心。

几年后，他受到司徒杨赐的征召，担任掾属，自赴任第一天起就暗暗访查官僚之贪浊者，却不料这些人多是宦官族亲，尚书得罪不起，竟召来孔融加以斥责。

青年面不改色，如实将宦官子弟所犯的罪过一一陈述，但这耿直的性情自不能被同僚所容，他屡遭排挤与冷落，只好屡次托病，避其锋芒。

孔融渐渐意识到，要实现匡扶汉室的理想原来如此艰难。

——汉朝已不再是父亲口中的汉朝，经历过两次"党锢之祸"后，士大夫们流离失所，眼睁睁任着宦官掌权，而各地又接连传来黄巾军作乱的消息，可谓内外都乱成一片。

所谓长大，或许就是慢慢意识到，理想是曾经灼燃过的怒焰，现实却是冷却下来的余烬。世情如风雪加身，大多数人护不住掌中那一捧火苗，总归要在愕然间发现，原来踩在灰烬上也可以走完一生。

盛世官场尚无至清，何况乱世呢？

孔融都明白，可他不甘心。

1《后汉书》：融曰："保纳舍藏者，融也，当坐之。"褒曰："彼来求我，非弟之过，请甘其罪。"吏问其母，母曰："家事任长，妾当其辜。"一门争死，郡县疑不能决，乃上谳之。诏书竟坐褒焉。

——他偏要护住心头火，偏要用它点燃灰烬，哪怕将脚下燎成火海也心甘情愿。

儿时父亲的教导时刻盘旋在心头，兄长在刑场最后说出的那句话，也深深影响着年轻的孔融。他宁愿当个天真的理想主义者，坚信以孔文举名满天下的影响力，必定能像祖先孔子周游列国那样，撼动汉室这棵腐朽的大树。

于是，弥漫着死亡气息的汉朝舞台上，多了一抹刚正不阿的侧影。汉末群雄，刀光交织，他作为手无缚鸡之力的文人，似乎处处都撼动不了时局，却又处处都穿插于这个时代：被征为司空掾属，转任虎贲中郎将；在董卓欲废刘辩之际，当朝怒斥董卓……

面对着大名鼎鼎的孔子后人，董卓不便痛下杀手，于是将他远远打发到北海。待孔融上任才知道，这里竟是黄巾军最为猖獗的地方，民不聊生，一片疮痍！孔融一声长叹，决定先在此处施展抱负，于是下令召集士民，起兵讲武，发布檄文，与各州同仇敌忾。

"国相！张饶率二十万叛军，直奔北海而来！"

这消息传到北海，军民立刻慌成一片。

听说这群黄巾军在兖州被应劭打败，又在冀州被公孙瓒打败，孔融心中稍稍镇定，他立刻召人反击——

"传我命令，击退贼人！"

"是！"

其他人都能打败黄巾军，自己有何做不到的？！

孔融还记得那一天，烽烟蔽日，血气冲天，无数的士兵百姓将信任的目光投向自己，殷切期望着名闻天下的孔文举能赢下这一仗。

然而，那竟成了理想破灭的转折点。

饱读诗书的大文人孔融，或许是盛世的谋略之才，却并不是乱世的军事之才。他满以为自己能凭着从前的灵活机敏翻盘，却在杀声渐近时错愕地发现，战前演习过的兵法列阵，到实战时竟显得如此贫瘠苍白。

这怎么可能？

此战过后，孔融大败，退守朱虚县。[1]

接下来六年里，他虽尽心尽力地置城邑、立学校，将北海治理得井井有条。"孔北海"名满四海，却撼动不了这里肆虐的黄巾军，更无法影响这天下大势。

朝廷那边，董卓之乱虽已结束，麾下部将们却发生了内斗。听说汉帝仓皇逃往洛阳，身在北海的孔融无能为力；眼睁睁看着黄巾军作乱北海，孔融亦无能为力。

上次被黄巾军管亥所围，孔融派太史慈向刘备求救，平原国相刘备惊问"孔北海乃复知天下有刘备邪"？遂发兵三千来救，将贼人逼退。

第一次化险为夷，可是第二次呢？

孔融意识到，时局脱离了他的掌控，或者说，时局从来没有被他真正掌控过。这些年他所做的一切：检举宦官族亲、不与贪官同流、与董卓争辩……每一件都足以让他名扬天下，可每一件都不足以匡正乱世。

登临城楼，放眼山河，已是乱贼割据的破碎画面。当改朝换代的鼓音已然开始被历史奏响，每个生于乱世的汉朝人，都需用一生来慢慢见证这时代的坠落与覆灭。

这大汉，一开始山河壮阔，再后来大厦将倾。

"国相，如今曹孟德与袁本初愈发壮大，北海迟早会沦陷于黄巾贼之手，不如早做打算，结交他们……"

幕僚左承祖曾出言相劝，被孔融冷声下令斩杀。

"我绝不会投靠不忠汉室的乱贼！再劝我者，下场如同此人！"

左承祖被士兵们一左一右架起胳膊，蛮横地拖出屋，但他那双眼睛始终沉默注视着孔融，如同幽深的冷潭，突然泛起讽刺而悲哀的光。

孔融打了个冷颤。

这大汉，是否渐渐走向注定的结局？乱世是属于英雄枭雄的戏台，你方唱罢我登场，而平庸的配角们注定只能随波逐流。

——自己最大的愿望就是亲自迎汉帝回京，匡扶汉室，无奈自身难保，心有余

---

[1] 《后汉书》：融到郡，收合士民，起兵讲武，驰檄飞翰，引谋州郡。贼张饶等群辈二十万众从冀州还，融逆击，为饶所败，乃收散兵保朱虚县。

而力不足。

听说那位与自己年龄相仿的曹操，此时已逐步扩大地盘，成为一代枭雄。早在中平年间，二人同样在朝中为官，同样检举过贪官污吏，后来眼看匡扶汉室无望，孔融仍选择坚持到底，曹操却变得沉默不言。

而今，孔融久久地沉默着，衣袖下手掌慢慢攥成拳。

"孔文举！你当真以为北海还守得住？你当真以为天下文士还能追随你死忠汉室？！"

屋外传来左承祖绝望的狂笑声，众人都瑟缩着望向孔融，见他面色铁青，一言不发，拂袖背过身。

"斩。"

身后，旋即传来闷闷的人头落地之音。

建安元年，袁谭攻陷北海。

沦陷于战火中的当日，城外箭矢如雨，城内短兵相接，士兵跑来通报："报！我军节节败退，敌人逼近国相府——"

众人大惊，惊恐逃窜，却发现孔融仍然谈笑自若，凭几读书。

"国相？"

兵乱之音，渐渐逼近。

即将战败的前一刻，孔融垂眼合上竹简，缓缓起身，推门出屋，只觉得眼前的夜色浓重得看不见前路。那里全都是历史上密密麻麻交叠的鬼魂，朝着失败者叫嚣、怒喊，其中还有父亲与兄长的面孔，他们都一言不发，静静地与孔融对视着。

曾经家族里最聪颖的那个孩子，长大后竟连杀身成仁的勇气都没有。

天才。

面对着飞蝗般掠来的箭雨，他突然对这个词感到深深的疲惫。

离开这里吧……

同年，曹操逢迎献帝迁都许昌，并对着天下人恳切许诺，说自己虽挟天子以令诸侯，但也是为了更好地匡扶汉室。天下名士被曹操打动，纷纷前往刚刚建立的许都，希望能一展抱负，为朝廷效力。

面对失意的老熟人孔融，曹操慷慨地抛出橄榄枝，以汉室的名义征召他为少府[1]："文举，我知道你最想于这乱世匡扶汉室，何不与我共同扶持陛下，实现自己的志向呢？"

难道……之前误解了曹孟德的为人？莫非曹操与袁绍袁谭之流不同？

孔融此时已不再年轻，他心底悄然升起幽微的希望，半信半疑来到许都，在几番试探之下，逐渐打消了自己对曹操的怀疑。

他慢慢将自己的理想寄于曹操，还时常写信提醒对方不忘初心。曹操也对孔融十分欣赏，凡有提议，必定采纳，两人的关系日渐密切，久而久之竟成了好友。

或许，孟德真的会是那个匡扶汉室的英雄。

"郭李分争为非。迁都长安思归。瞻望关东可哀。梦想曹公归来。"[2]

【第二鼓】

没遇到祢衡之前，孔融觉得自己活得像一匹瘦骨嶙峋的老马。

这是句自嘲话，他其实不止一次对好友们提过，但无论脂习还是杨修，他们都不觉得严肃古板的大学士也会开玩笑。

唯独身为一介布衣的祢衡，听完后哈哈大笑，肆无忌惮地打趣这位长辈："老马老马，最为识途，主人死了还一个劲儿地要寻主，文举你可不就是一匹老马么？！"

当时，祢衡刚刚来许都城里游学。

他虽然才来京城没多久，却已经是这里知名的狂生，越是家喻户晓的人物，祢

1《后汉书》：及献帝都许，征融为将作大匠，迁少府。
2出自孔融的《六言诗》。

衡骂得就越不留情：从陈群到荀彧，从荀彧到赵融……许都名士们都传言"这小子有狂病"，对他敬而远之，自然也无人愿意赏识他。[1]

日子久了，连他怀揣的名帖都变得字迹模糊起来。

面对满城的嘲笑讥讽声，祢衡本人倒是淡定自若，仍然我行我素。

听闻有个祢姓小辈在城里屡出狂言，孔融并未放在心上，却不料祢正平的名气越来越大，一直传到他的官邸。

这少年，还真有几分真才实学？

孔融换上布衣，决定亲自前去见见这位祢衡。

"依我看，陈长文与司马伯达都不过是卖猪肉的屠户罢了！"

进门之际，他果然看见少年当堂说着轻慢之语，众人表情各异，或眼冒怒火，或面露嘲讽，闹哄哄地吵成一片，竟都压不住这布衣少年的声音："至于文若可借面吊丧，稚长可使监厨请客……"

孔融迈步进屋。

名士们吓了一跳，立刻毕恭毕敬地闭了嘴，只剩下少年继续自吹自擂。孔融听了一会儿，从容地走过去，问他："那么，谁才能入你的眼呢？"

长者沉稳镇定的声音，不同于少年的锋芒毕露，如同一轮明月轻轻拨开汹涌的云浪，从此夜空明澄，海涛夜静。

少年转过身来，抱臂而立。

"世间只有孔文举和杨德祖能入我的眼，其他人都碌碌庸庸，不值一提！"[2] 他一扬眉，态度近乎挑衅，"老头儿，你不服？"

众人默默擦了把汗。

四十岁的孔融面无愠色，他垂目望着二十岁的祢衡，从这孩子桀骜不驯的表情中，分明窥探出眼底几分坚冰似的冷冽。

"如果，"他慢吞吞开口，"我就是孔文举呢？"

---

[1] 《后汉书》：祢衡字正平，平原般人也。少有才辩，而尚气刚傲，好矫时慢物。兴平中，避难荆州。建安初，来游许下。始达颍川，乃阴怀一刺，既而无所之适，至于刺字漫灭。

[2] 《后汉书》：唯善鲁国孔融及弘农杨修。常称曰："大儿孔文举，小儿杨德祖。余子碌碌，莫足数也。"融亦深爱其才。

——自从上了年纪以来，自己其实已经很少有这种玩心了。

祢衡突然大笑，破兮兮的长袖一抬，拱手作揖："哎呀！孔文举，失礼失礼！今日一见，您果然是仲尼不死啊！"

这臭小子。

不知怎的，看他抬袖的模样，孔融莫名想起小时候捡到的那只叽叽喳喳的鹦鹉，继而回想起自己十岁那年反击陈韪嘲讽的痛快。

于是他抬手回礼，面不改色："哪里哪里，你真是颜回复生。"

两人抬眼对视，忍俊不禁，哈哈大笑。

贤名远播的孔融与年轻狂士祢衡成了要好的朋友。

似乎只有温厚寡言的大学士孔融，能包容少年锋利又恶劣的性情。

祢衡因何染上狂病？

孔融其实并不知晓少年的过往，但他猜得出，祢衡比他晚二十年出生，那时正是党锢之祸与黄巾之乱爆发的前夕，士大夫们流离失所，百姓们四处逃亡。整片山河都弥漫着绝望的灭亡气息，那些不曾见过王朝余晖的年轻人，他们越是清醒，就越是痛苦。

越是痛苦，就越是疯狂。

狂病发作时，少年在狂风中仰头饮酒，在暴雨中振臂大笑，沦为许都城内的笑柄。

有次深夜喝酒，孔融曾劝祢衡投奔汉室，却只听对方醉醺醺地胡言乱语："文举莫非意识不到？你心心念念的大汉，早就病入膏肓了！"

孔融错愕抬头，见祢衡朝着自己身前凑过来，笑吟吟地继续将醉话说下去，语气愈发急促："文举啊，生在这个时代哪有不发疯的？

"如果你从小就知道自己是个天才，意气风发地度过人生前二十年，有一天却突然发现，原来自己出场在这本史书的最后几页……

"要你眼睁睁看着你的朝代衰亡，你的国土沦丧，你脚下的一切都无可挽救地滑向结局。至于你，要么进入新的史书，要么死在旧史书的句号前。文举啊，你会怎么选择？你也会像我一样染上狂病吗？"

灯影摇晃，两人对视。

祢衡倚着酒坛笑个不住，从他的醉眼里，孔融却分明看出一抹痴狂的泪光。

"陛下广纳人才，我可以为你写一封引荐信，汉室还没走到最后，你与我，还有曹公，我们尚可拯救大汉……"孔融斟酌着慢慢开口。

话未说完，他从祢衡眼里看清毫不掩饰的怒意，对方冷笑一声，拂袖摔门而去："哼，曹操！"

满地酒器当啷乱响，屋里，只剩下孔融对着烛火出神。

他想了很多，缓缓提笔："窃见处士平原祢衡，年二十四，字正平，淑质贞亮，英才卓跞……"[1]

孔融还是向献帝推荐了祢衡，不是以挚友的名义，而是以汉臣的身份。

他不知道，那封被自己郑重写下的《荐祢衡表》，最终会成为划向好友咽喉的刀锋。

余生十年间，孔融时常会从血染湖水的画面中惊醒。倘若不是他擅自将祢衡举荐上去，曹操便不会强征祢衡为鼓吏，而祢衡也就不会触怒曹操，踏上身不由己的路……最后枉死于黄祖的游船上。

这封荐表在朝中流传，很快引起了曹操的注意。

谁料祢衡自称身患狂病，宁死不见。

这态度惹得曹操十分不悦："听说那小子擅长击鼓，就召他来当个助兴的鼓史吧！"[2]

恰逢曹家设宴招待宾客，要听鼓史们的鼓曲，就召祢衡前去奏乐。

当日，每位鼓史在经过宾客们面前，都需换上专门的下人衣裳，而祢衡不只在欢宴上唱反调，故意奏了一首声节悲壮的《渔阳掺挝》，他甚至不换衣物就大步走到曹操面前，紧紧地盯着曹操，眼神冷冽如冰。

下吏呵斥："鼓史何不改装，而轻敢进乎？！"

于是祢衡懒洋洋先解衵衣，次释余服，裸身而立，在众人目瞪口呆的视线中，

---

[1] 出自孔融的《荐祢衡表》。
[2] 《后汉书》：操欲见之，而衡素相轻疾，自称狂病，不肯往，而数有恣言。操怀忿，而以其才名，不欲杀之。闻衡善击鼓，乃召为鼓史。

他又慢吞吞地把鼓史服给穿好，复而击鼓，拂袖离去，面无愧色。

众人这才从惊愕中回过神。

在他身后，曹操大笑："本想羞辱祢衡，没想到反被这小子给羞辱了啊！"

"听说了吗？祢衡居然在曹公面前裸奔！"

"这小子的狂病莫不是又恶化了……"

满城都沸沸扬扬地议论着这件奇事，唯独祢衡大摇大摆地穿行在城中，照样喝酒，照样发疯。

"祢正平！我替你向曹公道了个歉，只要你肯上门赔罪，他就当此事没发生过！"

当孔融终于忍无可忍、大步闯进祢衡的住处时，他看见对方正醉倒在一地酒坛子旁，晕乎乎地朝着他笑："文举啊……你说我这《渔阳掺挝》奏得好不好……"

这小子心里哪里有什么汉室！自己当初怎会欣赏这么一个狂生？

念着昔日情谊，孔融还是出言责备这小子一通，让他赶紧去道歉："我本以为你是个杀身成仁的君子，难道君子应当如此吗？你速速去给曹公赔罪！"

杀身成仁。

面对年长者严厉愤怒的面孔，祢衡静静地注视对方半晌，说了声"好"，乖乖地消失在孔融的视线里。

几日后。

他换了身单衣，手持三尺梲杖，一步步走近曹府的大门口，抬头紧盯着牌匾上那刺眼的名字，缓缓深吸一口气，紧接着——

坐大营门，以杖捶地，破口大骂。[1]

——如果这世上所有人都是疯子，独我一人清醒，那么他们会不会说是我疯了？

——文举啊文举，你这般忠于大汉，为何偏偏看不清曹操赤裸裸的野心呢？究竟是我的赤身裸体更坦荡，还是曹孟德口中的"匡扶汉室"更坦荡啊？！

---

[1] 《后汉书》：孔融退而数之曰："正平大雅，固当尔邪？"因宣操区区之意。衡许往。融复见操，说衡狂疾，今求得自谢。操喜，敕门者有客便通，待之极晏。衡乃着布单衣、疏巾，手持三尺梲杖，坐大营门，以杖捶地大骂。

祢衡早就看透这事实，大汉注定在凛冬里消亡，篡位者注定是孔融最信任的曹家。

自己活得太过清醒，形同孤身走在这场大雪里，每一次呼吸都感到彻骨的刺痛。作为逆风而行的时代殉道者，要么屏住呼吸活活把自己憋死，要么将尖利的冰霜刀箭生生咽下，连喉咙都划出血来——

活在世间，一张口尽是泣血之句。

"祢衡竖子，我杀他就如同杀死雀鼠而已！"

祢衡的狂妄彻底触怒了曹操，一声令下，他被曹操送给了刘表，意图借着刘表之手来杀贤。

孔融听说这个消息时，一切都已经来不及了。

送别当日，他还想出言责备祢衡，却看见少年抬头望向他，表情第一次如此认真，缓缓出声："文举，你可听懂了我那一首渔阳曲？"

见孔融惊愣，祢衡捧腹大笑，笑中含泪："什么时候等到这大汉的病好了，我的狂病自然也就好啦！"

寒冬，就快要到了。

万径人踪灭，少年拂袖朝着茫茫大雪里走去，没有回头。

【第三鼓】

两年后，当远在许都的孔融终于察觉曹操的野心时，祢衡已被黄祖下令斩杀。伴随好友遇害的噩耗一并寄来的，还有祢衡生前曾写过的那篇《鹦鹉赋》。

——据说黄祖之子黄射偶得厚礼鹦鹉一只，十分喜欢，遂请祢衡落笔写此文章。

孔融用颤抖的手抓起那张薄薄的文稿，看清上面的一字一句。

"惟西域之灵鸟兮，挺自然之奇姿……"[1]

一开始，祢衡写文章须臾立成，辞义可观，被刘表奉为座上宾，每次发布公告必征求意见。却不料后来他狂病发作，对刘表出言侮慢，使对方起了杀心。

---

[1] 出自祢衡的《鹦鹉赋》。

刘表转念一想，也不愿落得个杀贤才的骂名，故意将其送到暴脾气的江夏太守黄祖手里。

颠沛到江夏不久后，黄祖在大船上宴请宾客，祢衡再次出言不逊，被呵斥后竟变本加厉，紧盯着对方骂他"死老头"。黄祖大怒不能忍，令主簿杀之。

黄射听闻消息，来不及穿鞋，慌忙来救，却终归迟了一步，眼睁睁看着好友祢衡死于屠刀之下。[1]

"正平！"

"闭以雕笼，剪其翅羽。流飘万里，崎岖重阻。逾岷越障，载罹寒暑……"

大厦将倾。

大风隐隐携来曹孟德得逞的狂笑，祢衡仰起头，似乎看见全天下的高楼都朝他倾倒过来。

"文举啊，你看，大汉的病可还有药可医？时代可还容得下我们？那些道貌岸然的英雄枭雄，心里打的都不过是自己的小算盘而已！文举啊，我这鹦鹉飞不回我的山林，你也回不去你心心念念的大汉了！"

耳畔响起那日少年渐行渐远时的大笑声。

薄薄的纸页飘落在地，惘然间，孔融迟迟回想起那只鹦鹉最后的结局。它被小小的孩子奋力放飞，努力扑棱着飞向天际，不久后却被人发现了冻毙多日的鸟尸。

"文举啊……"

"怎么样？眼睁睁看着你的国家覆灭，像不像赤着身子走在大雪天里？你只能越走越远，看着雪越积越厚，直到白茫茫的颜色把你淹没。如今，你的心中可有答案了？"

奸与忠的雄辩，昏君明主的交替，盛世的欢腾或殉国的哀乐，这些振聋发聩的人声，终究都会被一场大雪掩埋。所以那个狂生才放声大笑，尽情击鼓，他分明看得最为通透——

这里什么都不会剩下。

---

[1] 《后汉书》：祖主簿素疾衡，即时杀焉。射徒跣来救，不及。祖亦悔之，乃厚加棺殓。衡时年二十六，其文章多亡云。

八拜为交

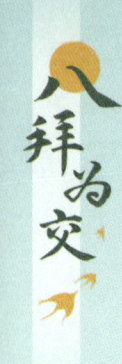

雪停之后，寂静无声。

很多年后，孔融死在了建安十三年的秋天。

击败袁术、远征乌桓、一统北方……彼时的曹操已不再需要对孔融客客气气，枭雄手里那把屠刀迟早会指向所有倔骨头，而他现在急需一颗德高望重的头颅，以儆效尤，警示天下名士。

站在逐渐倾塌的百年高楼前，想到自己曾经对曹操的期盼，孔融不禁感到恍惚，耳中再度回响起祢衡说过的话。

"文举啊，你也会像我一样染上狂病吗？"

"你与我，还有曹公，我们尚可拯救大汉……"

在狂妄少年死后，名满天下的大学士终于也变得逐渐疯狂。他开始与曹操作对，百般写文讥讽曹操，处处反对曹操的决策，最后被打入大牢，安上诬告罪名，判处死刑。

"融违反天道，败伦乱礼，虽肆市朝，犹恨其晚！"[1]

"言多令事败，器漏苦不密。"[2]

这成了孔文举最后的绝命诗。

八月二十九日，处决时辰被曹操定在一个极平常的下午，当囚犯一步步走向刑场时，周围人头攒动，挤满了看热闹的男女老少。[3]

"哎，台上被砍头的是谁啊？"

"是孔大学士！当年以孝道名扬天下，如今罪名居然是大逆不道，啧啧。"

年轻的狂士血溅游船的第十年，他的鼓声终究传入了年迈的大学士心底。

咚隆隆……

孔融其实从未亲眼见过祢衡击鼓的场面，但在祢衡遇害后，这悲沉的鼓声却时常一阵阵地飘来，幽幽似怨诉，激昂如大哭，一声声凿成了穿心的钝刀，迫使孔融反复幻想那场危机四伏的盛宴：

当日正是曹公设下的大宴，银琖玉碟摆成全席，龙肝麟脯盛了满桌，鸱鹩勺、

---

[1] 出自曹操的《宣示孔融罪状令》。
[2] 出自孔融的《临终诗》。
[3] 《后汉书》：大逆不道，宜极重诛。书奏，下狱弃市。时年五十六。妻、子皆被诛。

116

鹦鹉杯，一杯一杯复一杯。那位面带怒容的鼓吏徐徐上场，手持鼓槌，击起一首声节悲壮的《渔阳掺挝》，满堂交错的觥筹与欢笑，被鼓点震撼得鸦雀无声。

"文举啊，现在可听得懂我这一首《渔阳掺挝》？"

咚隆隆、咚隆隆……

大刀斩落，锵然一声，天地间的议论之音戛然而止。

此生最后的视线里，他看见狂风裹起满地血红的枯叶，绕着刑场，竟不肯离去；他听见风里传来震耳欲聋的声音，像大笑，也像大哭，更像记忆里那位骄狂少年击鼓奏《渔阳掺挝》时的怒骂。

视线尽头，一只绿衣翠衿的鹦鹉悄然飞离，渐渐远去。

汉末，快要起风了。

生死之交

文/明戈

仁德蜀王刘备

×

忠臣武圣关羽

×

"燕万人敌"张飞

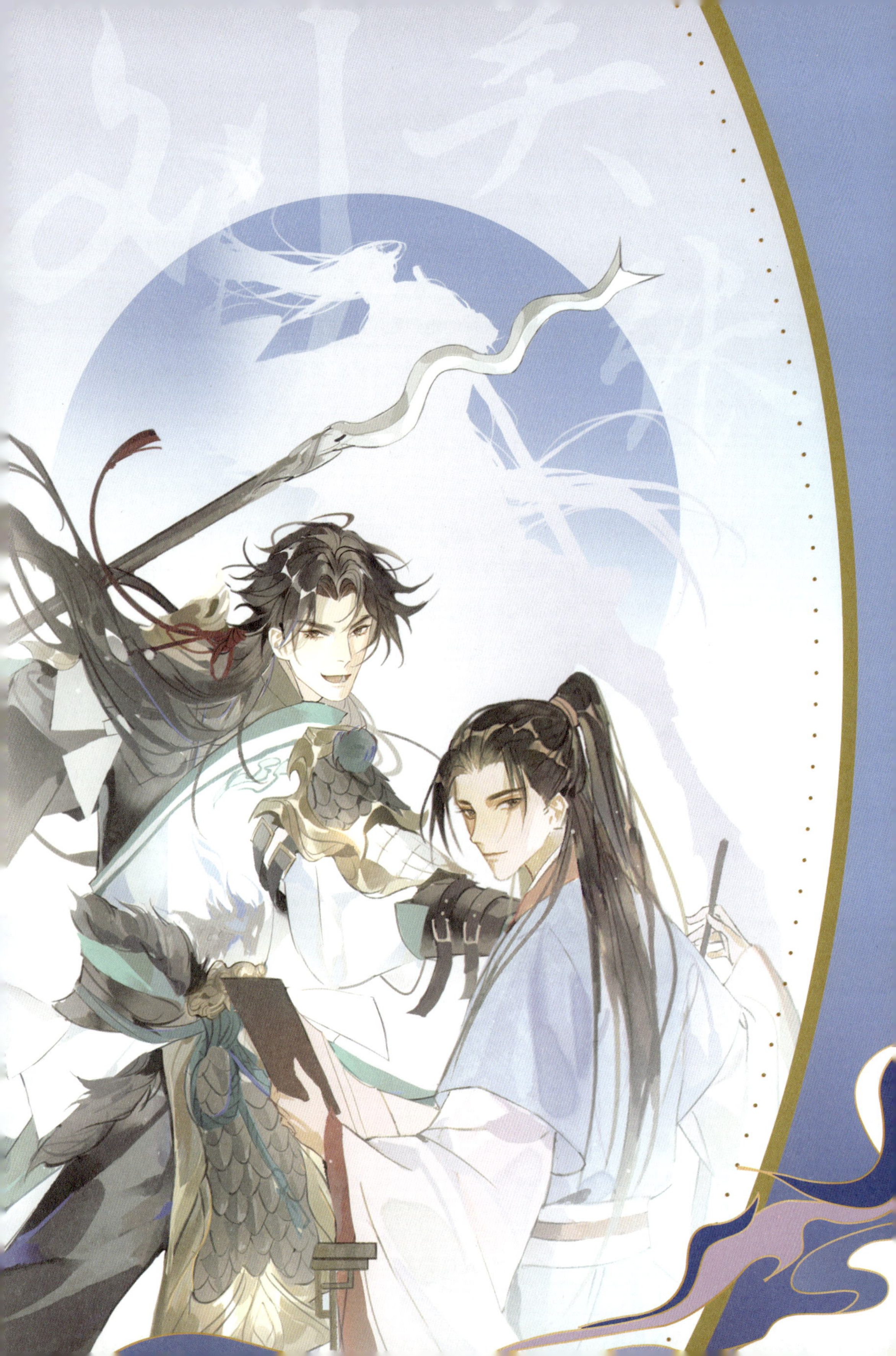

八拜为交

刘备端坐在雄峻战马上，双鬓斑白，目光坚毅。

他的肩线宽阔而舒展，周身带着一股稳重成熟的气质。六十一年的风霜在他眉心眼角深深刻下了几刀，但仍能看出他面如冠玉的曾经。

此次刘备决意伐吴，几乎被满朝文武劝阻，从诸葛亮到赵云，没有一个不劝他放弃出兵、联吴抗曹的。

其实不用别人多言，他一路荆天棘地地走到蜀汉的帝王之位，自然知道自己此举实非明计。曹操在北方虎视眈眈，如今他举国之力去打东吴，不论是输是赢，以后的路都不好走。

——可他就是控制不住将手中利刃指向东边。

"二弟，三弟……"

刘备口中喃喃，胸口剧烈起伏着，脑海中回旋的过往几乎让他喘不上气。

月夜下的酒杯相撞，桃园里的豪言壮语，那些鲜衣怒马、意气风发的岁月，就那样赤裸又凄惨地埋在了两颗血肉模糊的头颅下。

刘备银白的胡须不住抖动，他抬起眼，一向温和的眸子中闪烁着复仇的光。

"你们且在地下安心。"

"我定让东吴……为你们陪葬。"

二月，乍暖还寒。

蜀汉大军锐不可当，击溃吴军后据守险要，自巫峡到夷陵，五十座军营相连七百里。[1] 刘备亲自坐镇猇亭督师，命黄权为镇北将军以防曹魏偷袭。

蜀军锋芒毕露，吴军避而不战。

一切都看起来十分顺利，如果上天一直这般站在蜀汉这边，且不提荆州，就连江东大地都有机会一并拿下。

可老天终究选择了那个曾是书生的家伙。[2]

两军相持颇久不下，陆逊找到了破解之法。[3]

---

1 《三国志·文帝纪》：帝闻备兵东下，与权交战，树栅连营七百馀里，谓群臣曰："备不晓兵，岂有七百里营可以拒敌者乎！"
2 《三国志·张顾诸葛步传》：顾劭……博览书传……而陆逊、张敦、卜静等皆亚焉。
3 《三国志·陆逊传》：逊曰："吾已晓破之之术。"乃敕各持一把茅，以火攻拔之。

当一束束茅草的火舌燎红蜀军的营垒，蜀汉兵团乱作一团，土崩瓦解，吴军趁机大举进攻。

赤色的长空黑烟滚滚，浓如压城黑云，陆逊乘势反攻，身穿铠甲的蜀汉士兵接连倒毙于血泊之中，一时哀号声四起。杜路、刘宁等走投无路弃剑投降，五溪蛮首领沙摩柯、蜀汉总司令官、前锋司令官皆被斩首。

四野肃杀，血遍连营。尸骸遍地，塞江而下。

刘备头发凌乱不堪，背靠一面残破焦黑的旌旗，瞳孔中映出天边那将一切付之一炬的烈烈火焰。

舟船器械，水步军资，还有为他们报仇的愿景……都完了。

刘备抹了一把脸上血痕，疲乏不堪地半跪于地，挺直的脊背渐渐佝偻下去，看起来终于像个日暮残年的老人。

"陛下！快逃吧！"

驿站的兵卒一边将铠甲堆到隘口焚烧，一边扭头对刘备大喊。这条路直通白帝城，为了阻止吴军，他不得不烧铠断道。

空气里的血腥味浓得呛人，刘备眸子暗淡无光，神色游离地喃喃自语："大哥对不起你们……"

后来刘备不知道自己是如何被扶上的战马，他伏在马背上几乎斗志全失，仿佛无所谓要去向何处。

突然，在无人看见的虚空中，一道白得晃眼的光闪过。

马身猛然一颠，刘备只觉眼前场景逐渐模糊，随后便晕了过去。

……

涿县。

"这人怎么躺在地上啊？"

"喝多了吧，模样白白净净还挺俊俏。这是谁家的小相公？"

"哎呦这睫毛长得咧……"

刘备听着周围七吵八嚷的议论声，晕乎乎睁开眼，只见头顶围了一圈脑袋。他单手撑住自己站起身来，伸出修长的手指按了按太阳穴，随后蹙眉环顾四周。

头顶阳光明媚，旁边是一张刘焉招募义兵的榜文。地上有一汪积水，探头看去，映出自己年纪轻轻的脸。

刘备感觉头痛欲裂，脑海中空白一片。

"这里是……我是谁？"

围观群众：喔——原来是个傻子。

刘备正想拉住一个人询问，不远处忽然响起道雷鸣般的高喝："你这厮还想白吃俺猪肉！"

大家一见有热闹看，"呼啦"散开了，纷纷快步跑过去。

刘备不明所以，也跟着走了过去。只见绿豆摊前站着一位身高八尺，豹头环眼的年轻男子，正叉着腰声如洪钟地怒吼。

他对面站着另一位年纪相当、威风凛凛的长须男子，身高九尺，剑眉斜飞入鬓，一双丹凤眼怒目圆睁，面色颇红。

"明明是你写搬得动石头便可切一刀肉，现在反悔来砸我摊子，谁怕你，打一架吧！"

二人撸胳膊挽袖子，如两头猛虎似的扑到一起。千斤力道间，地面烟尘骤起。由于气势过于吓人，怕被误伤的吃瓜群众们整齐后退三米。

由于刘备没动，于是只有他被单剩了出来，一时间孤零零地站在"斗兽场"中间。

刘备倒不是因为被吓傻了，他只是看着二人出了神。那两张少年气十足的脸，仿佛在他记忆里躺了很久，如今又鲜活无比地出现在眼前。

刘备感觉鼻尖泛酸，心口传来阵阵绞痛。他们是谁，为何自己这般反应？

在众人的惊呼声中，刘备已经不受控制地一步步向两人走近。此时，那两位力士的胳膊正搭在对方身上，遒劲的肌肉恐怖凸起。

单薄纤瘦的刘备站定，伸两只手分别拉住两人肘部。众人看见这螳臂当车的一幕，只觉下一秒这人要死得很惨，于是赶紧捂住眼睛。

可"斗兽场"并没有传来刘备的哀号。

正相反，刘备轻轻松松地一手握着一人的胳膊，将两人顺利分开。

三米外，围观群众都不敢相信自己的眼睛，掌声、叫好声连成一片。

"太厉害了！如此神力，真是一龙分二虎啊！"

那两人却是龇牙咧嘴地偷偷跺脚。

"好汉快松手，按麻筋儿上了！"

随着看热闹的人逐渐散去，两人也过了气头，长须男子行了个礼。

"方才那些泛泛之流都怕得不行，唯有好汉敢上前，乃真英雄。如今我与二位也算不打不相识，自我介绍一下，在下关羽关云长。"

另一人也自我介绍道："在下张飞张益德。"

两人把视线热切地投向刘备。

刘备张了张嘴："在下……"

"在下失忆了。"

刘备没想到这两位新认识的朋友如此热情，见自己什么都想不起来，二话不说便要帮自己治病。只是当刘备被架到酒楼，面对呈上的三坛好酒时，他依旧没想明白这两人"酒后吐真言"疗法是怎么个脑回路。

"喝！"张飞和关羽豪迈一仰脖。

刘备想着气氛都烘托到这儿了，那就喝吧。

三海碗下肚，迷迷糊糊间，刘备还真就想起来了些东西。

"我乃中山靖王刘胜之后，汉景帝后代。当年因为刘贞向朝廷进献的助祭酎金不合格，被武帝免爵位，我这一支便遗在涿县。小时候我家东南有一棵五丈余高的桑树，相者曾云'此家必出贵人'。"

张飞瞪着喝红的眼睛一拍大腿："哎呦，您还是个厉害人物！"

刘备摆了摆手："什么厉害不厉害的。"

刘备又喝两碗后，不胜酒力，倚在桌上睡着了。

梦里光怪陆离，刘备仿佛变成了个观众，正坐在台下看戏。

台上是自己与关羽张飞同榻而眠，亲如手足。自己担任平原相，他们二人侍立

左右，寸步不离地保护自己。

后来三人戮力同心，一点一点地共同建立起蜀汉集团。

刘备看到他们各自手持青龙偃月刀与丈八蛇矛，如左膀右臂般替自己征战四方，勇冠三军，破江州释严颜、据水断桥退曹军、横刀立马震华夏……两人终成曹吴闻风丧胆的"万人敌"，把自己一步步送往皇帝的宝座。

突然，一道刀光剑影闪过，周围霎时涌起鲜红。关羽败走麦城，遇伏被孙权部下所斩。张飞临出兵前，被两个麾下将领割下头颅。

戏台陷入一片死寂。角落一点烛光的映照下，两枚头颅静静躺在那里。

刘备坐在台下，面色惨白，泪如雨下，过去所有记忆如奔流涌入他的脑海。而当戏台再次亮起来，是三人最开始时的样子。桃园里花开正好，暖阳和煦。三人目光炯炯，焚香起誓。

"念刘备、关羽、张飞，虽然异姓，既结为兄弟，则同心协力，救困扶危；上报国家，下安黎庶。"

"不求同年同月同日生，只愿同年同月同日死。皇天后土，实鉴此心，背义忘恩，天人共戮！"

……

刘备趴在酒桌上双眼紧闭，鸦羽般的睫毛频眨，额头全是冷汗，口中不住喃喃道："不可以，不能结……不可以……"

关羽和张飞疑惑地凑到刘备面前，看了半天后心下一凉。

关羽用胳膊杵了杵张飞："完了吧，非说什么喝酒疗法，给人家刘大哥喝出毛病了。"

张飞回嘴："你不也同意了？"

"不能结拜！"伴随着刘备一声大喊，他从桌上猛然弹起，彻底醒来，三人大眼瞪小眼愣在原地。刘备看着眼前两位死而复生的好兄弟，眼眶瞬间红了。

他这时才明白过来，原来是上苍垂怜，让自己回到了与他们二人初遇的时候。

一定是上天又给了他一次重新选择的机会。刘备想着那些痛苦回忆，强忍住眼泪，用力握了握关羽和张飞的手。

"这一次，天高海阔任尔等翱翔，我们后会无期。"

刘备狠了狠心，起身转身离开。

关羽不解："不是说好了结拜吗？又不结了？"

刘备脚下一顿。

"刚才已经说过这事了？"

张飞嗑着瓜子："你喝醉前说的，乌牛白马那些个祭礼俺已经让人准备去了。"张飞噼里啪啦吐着瓜子皮，"后天能备好，钱都交完了。"

刘备发愣地眨眨眼："不能退吗？"

张飞摇摇头，半晌后又说："或者你把钱还俺也行。"

刘备："我哪有钱。"

张飞："那你还磨磨叽叽干什么？"

刘备重新坐回到酒桌前，心中五味杂陈。

他既开心能重新见到挚友，又担心后天结拜的事，毕竟他们的结局……哎，不能哭，不能让他们看出来。

张飞察觉到了刘备的复杂情绪，放下酒杯，疑惑地挠挠脑门。

"大哥，你总整那四十五度角仰望天空的姿势干啥？"

"我……"刘备艰难回头看着张飞清澈的眼睛，突然想起来了什么。

——对了，他这个人，最爱说那句话了。

刘备故意一叹气，循循善诱道："其实啊，现在天下动荡，比起做英雄豪杰，不如弄点小本生意保命。"

刘备偷偷瞄向张飞，只见他粗眉一拧，随后一抱拳。

"俺不一样！"

刘备蒙了，怎么还改台词了？

张飞面色很是认真："正因为是乱世，才应当破贼安民，干一番事业。"

刘备想了想措辞，又开口道："你也说了是乱世，那多一事不如少一事。和一些家世复杂的人结拜，我觉得还是要小心日后被牵连。"说罢意味深长地指了指自己。

张飞又是一抱拳。

"俺不一样。

"既然是兄弟了，那就应当处处为对方好！牵连算什么，真是紧要关头，命都能豁出去！"

张飞越说越激动，胡子都飞扬了起来。

关羽听着张飞的慷慨之言，猛一举杯。

"说得好！我也一样！"

刘备愁得直捂脑袋：这怎么跟剧本上写的不一样？

子时，月黑风高，夜深人静。

张飞关羽都已睡熟。刘备想着既然靠言语说服不了他们，那自己就偷摸跑吧，反正结拜是不可能结拜的，甭管自己再有什么雄图大业，他宁可辛苦点去单干。

刘备绕过睡得横七竖八的两人，轻手轻脚地拉开木门。

"刘大哥，你是要去茅房吗？"关羽清晰无比的声音从背后传来。

刘备尴尬回头，只见关羽睡眼蒙眬地起身走过来，长臂一伸搭住了自己的肩。

"酒喝多了，我也想去，咱俩正好一起。"

刘备：……

等刘备重新躺回到榻上，发现关羽张飞像两堵肉墙一样把自己夹在了中间，和以前一模一样。

刘备眼中有泪水："这熟悉的感觉……"

他松开堵住耳朵的手指头，左右呼噜声环绕立体又震天。

"真是响死你大哥了。"

第二天，关羽和张飞关切地看着刘备的黑眼圈。

刘备安慰："没事儿，年纪大了，觉少。"

张飞瞪了瞪眼："你才多大啊就年纪大了？"

刘备一怔，才反应过来自己差点说漏嘴，于是连忙往别的地方扯："那个……

上头最近招募义兵的事，二位有何打算？"

张飞看了一眼关羽，两人对着刘备一点头："跟着你干。"

刘备慌了，赶紧摆摆手："别啊，我觉得你们自己就可以组建一支义军，不用非得和我一起。"

关羽正色道："我打听过了，你人特别好。爱结交豪杰豪侠，还十分讲义气。你若是想抛开我俩，那便是看不上我们喽？"

刘备感觉自己被道德绑架了。

"没有没有……"

张飞听后眉飞色舞一伸拳："那就成！咱赶紧拉人去吧，队伍得壮大起来啊！"

刘备看着风风火火走出门去的两人，一些久远的记忆与之重叠。

上一次便是如此。

那时他们兄弟俩帮着他一起组建义军，他们跟随校尉邹靖在平定黄巾军起义的战斗中表现英勇，立下显著战功。镇压张纯后，刘备靠军功当了个县尉，可惜后来得罪了督邮，他只得带着两人弃官逃难。

再后来自己起起伏伏，飘摇了好多年。不过无论他混成什么样，唯独有一点没变——关羽和张飞从来没抛弃过自己这个大哥。

刘备鼻尖又开始泛起酸意，于是仰起脸飞快眨了几下眼睛。他转头向门外看去，只见关羽张飞不知在勾肩搭背地讲些什么，正前仰后合地爽朗大笑。清早的阳光照在他们身上，金灿灿的。

刘备叹了一口气。罢了，再贪心些，陪他们度过这最后一天。

眨眼间，日头东升西落，突然到了傍晚。

刘备十分怀疑老天单独对他的时间做了什么手脚，一天简直过得飞快。

张飞放下猪蹄，抹了一把吃得满嘴的油，戳了戳关羽说道："刘大哥表情咋这么复杂，坐立不安的，也不吃东西。"顺便将手搭在了关羽肩上。

关羽猛地撇开张飞油唧唧的手："啧，往哪儿擦呢！"随后眯了眯仿佛看透一切的眼睛，讳莫如深道，"他这是想跑。"

还不等关羽说第二句，张飞已经蹿到了刘备旁边。

"你要跑啊？"

张飞眼睛直勾勾的。刘备以前总笑他的眼神憨直，可今日竟觉得炽热真诚得有些烫人。

刘备哑然，随后喝了一口酒掩饰笑道："哪有，我跑什么。"

关羽见话已至此，也不再掖着，对刘备道："如果你疑心我们二人不是忠勇之辈，不配与你为伍，大可直说。"

"怎么可能？你们是我见过的最英勇忠诚的好汉！"刘备毫不犹豫，立刻高声反驳。

张飞不理解："那为何不愿与俺们结拜？"

关羽："对啊，为什么？"

两人认真地看着刘备，等他的回答。

"因为我要让你们活下去！"刘备在内心疯狂大喊。

可现实是他紧紧抿着嘴，无法说出真实原因。他额角的青筋几乎暴起，桌下握拳的指节用力到苍白："因为……"

对不住了，刘备默默道歉。他深吸一口气，抬起头一字一句道："君实乃好汉，但共谋大业，劣性颇多。"

"你性格孤傲，狂妄自大，骄于士大夫，不辨人心……"刘备声音止不住地颤抖。

刘备眼前满是关羽不顾安危、单刀赴会的凛然场景。后来吕蒙打着崇敬的旗号接近关羽，关羽竟以为他说的都是实话，其实对方早就打算好了手刃他。他的部下糜芳、傅士仁皆嫌羽轻己，于是临危变节，带着江陵和公安两处重要根据地举城投降，使得刘备背后尽数露敌。关羽极度痛心自责，虽然早已无力回天，仍拼死一击。

"还有你。"刘备转向张飞，"脾气暴躁，敬君子而不恤小人，粗鲁莽撞……"

他数不清自己因为张飞醉酒误事生气过多少次了，他也时常提醒张飞不要那么责罚部下。刘备思绪漂浮着，几乎想埋怨出口：如果你早早改了，那两个叫张达和范强的下属兴许就不会那么做，你就不会死于非命。

可他什么都说不出来。

酒楼人声鼎沸，唯独他们这桌一片寂静，张飞关羽两个人像被定住了一般。既然面子已经彻底撕破了，不如自己恶人做到底。刘备心头苦笑，站起身来深深一作揖。

"江湖远阔，后会无期。"

刘备转身离开，这一次，身后再没有挽留的声音。

刘备一夜未眠。

直至天边破晓，刘备揽衣推枕，走到街头漫无目的地溜达。好巧不巧，走到了本应结拜的桃园。桃园花开繁茂，一片粉雾，花瓣带着露水，阳光照上去晶莹剔透。东侧乌牛白马、禾穗香支已备齐全。

一切都和当年别无二致。刘备随便寻了一处石头坐下，看着眼前景致感慨万千。也不知昨夜走后，他们二人会在背后如何骂自己。尤其是三弟，他那个臭脾气……

刘备想到张飞叉腰瞪眼的表情，不禁笑了一声。可他随即又想起来，在这一次的时间线里，他们没有结拜，他也没有三弟了。

刘备的眼泪突然涌了出来，控制不住地噼里啪啦往下砸。那场深深刻进他生命的桃园结义，如今像沙上的脚印，被命运轻轻一抹，了无痕迹。他们二人什么都不记得，自然不会难过。可对于刘备来说，却是剜肉钻心的疼。

不知过了多久，刘备哭累了。他重重叹了一口气，阖目趴到了膝盖上。忽然，他清楚地听见背后传来嘀咕声。

"你说他哭完没？"

"不知道，哭三个时辰了，我都站累了。"

刘备猛抬起头，向身后看去，只见张飞关羽整齐划一抱着胸，歪头看自己。

"你们怎么来了？"刘备不敢置信。

两人走过来站定到他面前，理所当然道："来结拜啊。"

"不是说不结了吗？"

"不结你还来。"

"我是来参观。"

"参观你哭啥？"

刘备哽住。半晌后，刘备胡乱抹了一把眼泪，起身便要往桃园外走。

"不行不行，这拜结不了，真结不了。"

两人往前面一堵："理由？"

刘备简直怀疑他俩也失忆了，昨天自己把话说得那么重那么狠，睡一宿觉都忘了？刘备只好复述了一遍，张飞却是皱了皱眉看向关羽。

"他是不是又失忆了，昨晚这话他不是说过吗？"

刘备："那你俩还问！"

刘备见沟通不明白，干脆放弃说话，又气又急地直接要往桃园外闯，张飞关羽人高马大各种拦堵。

终于，刘备崩溃了。

"你们到底要干什么！"

两人整齐乖巧："我们要结拜。"

刘备又快哭了："说了不能结……"

"为什么？"

刘备眼睛一闭，大喊了一声："我不想你们死！"

风沙沙吹过满园桃花，花枝晃动间，阳光忽明忽暗地投在三人身上。刘备鬓角的发丝垂下，周身散发着无力的气息。他脊背颓然弯曲着，像个苍老的灵魂盛放在年轻的躯壳里。

他沙哑开口："与我结拜，你们不会善终。"

关羽蹙眉："那又如何，我们不是贪生怕死之人。"

刘备眼前又浮现出了那两张毫无血色的脸——震怒立眉，死不瞑目。刘备痛苦摇头，悲怆怒吼道："那是因为你们没死过！如果重来一次，你们今日不会如此选择！"

关羽表情满是平静。他把手安抚地搭到了刘备肩膀上，轻声道："相信我，如果重来一次，我们依旧会这么选择……大哥。"

刘备闻声怔怔抬眼，望进关羽狭长的眸子，他赫然发现那是双不符合他年纪的、浑浊的眼睛。战马、横刀……他看见了和自己一样的岁月。刘备霎时反应过来，脑海轰隆炸开一道天雷。

"你……原来你们！"

桃园落花沥沥，和风正暖。

关羽一拱手："二弟关云长。"

张飞同道："三弟张益德。"

两人看向刘备，刘备泪眼婆娑，哽咽出声："大哥……刘玄德。"

关羽面带融融笑意，朗然道："虽然异姓，既结为兄弟，则同心协力，救困扶危；上报国家，下安黎庶。不求同年同月同日生，只愿同年同月同日死。皇天后土，实鉴此心，背义忘恩，天人共戮！"

张飞嘿嘿一笑："俺也一样！"

刘备再次醒来，发现自己正伏在马背上，马正漫无目地飞奔，身后火光接天。

"陛下！您要去哪儿！"

士兵骑马跟在后头，惊慌大喊。刘备忽然明白了刚才一事是为什么。

风在刘备耳边呜呜啸鸣，他花白的头发凌乱飞舞。刘备只觉血在往上涌，心跳怦怦作响，仿佛在向虚空呼喊：放心，大哥不会认输。他的面色再次坚毅起来，调整好方向挥手扬鞭，马蹄踏着月辉，狂飙卷尘地驰向白帝城。

"走！去从头收拾山河！"

策马狂奔间，刘备惊讶发现自己脑海中漆黑可怖的噩梦消失了，取而代之的是阳光灿烂的桃园里，两张年轻的笑脸。

刘备目光灼灼。

——从今以后无论疾风怒涛，流矢剑雨。

你们是我攻之不破的铠甲。

注：本文"桃园三结义"相关情节内容出自罗贯中的小说《三国演义》。

金兰之交

文/明戈

隐忍多疑君主刘邦

×

刚正骁勇战神韩信

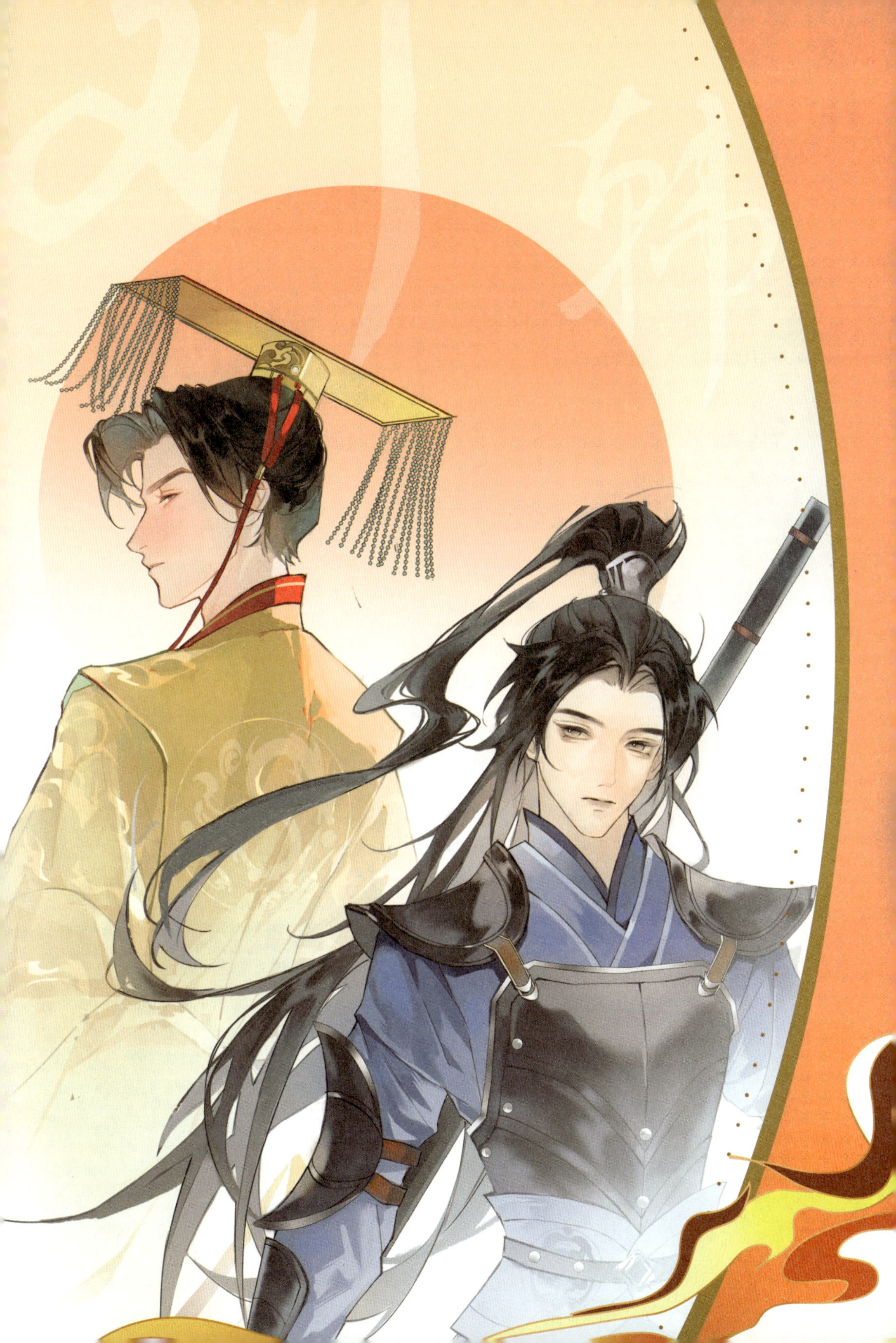

1

韩信一身素缎长衫，半伏着上身骑在一匹黑色骏马上，呼啸疾驰。

他眼睛紧紧盯着前方，浓黑的剑眉微微蹙起，时而飞快回头瞥上一眼，似乎是在着急甩掉什么人。

由于精神高度紧绷，他握住缰绳的手十分用力，血管清晰可见，上臂结实的肌肉从薄衫上透出轮廓来。

忽然，马高高嘶鸣一声，盘虬而出的树根绊住了前蹄，马身向一侧歪斜倒去。韩信连忙跃身而起，踏离马背在地上滚了一圈，扶着膝半跪于地，玉冠高束成髻的墨发翩然散做马尾。

这一空档，远处的追逐者已驾马来到身侧，熊扑上去按住韩信："兄弟，追你一宿了。别跑了，跟我回去吧！"

韩信被压得头抵于地，一张俊脸几乎紧贴草皮。

"刘邦让你来的？你先松开。"

"不松，你万一又跑了呢？我怎么跟汉王交代？"

借着月光明亮，韩信在不远处又看到了一队人马，似乎同是刘邦部下，正看着两人严阵以待。韩信朝旁边瞟了一眼，自己的马估计蹄子崴了，正耷拉着脑袋闭眼躺尸。

他忍不住翻了个白眼，扭头看向追逐者。

"萧哥，马都这样了，我自己拿腿跑吗？"

韩信这么着急跑，并不是因为犯了什么事，或是在刘邦麾下待遇不好。

他此时正任治粟都尉，这份工作非但不苦，反而相当有油水，是个十成十的美差。

只是他志不在此。

好男儿当提枪上马镇山河，管粮草像什么话？

其实这已经不是韩信第一次跑了，当年他在项羽麾下做事，屡屡献计，不承想人家都没拿正眼看过他。因此韩信才决定"战术性撤退"，投奔刘邦。

可刘邦好像也不怎么看重他，自己担任连敖时还差点被杀了。这次刘邦进驻汉中，不少将士都觉得跟着他没什么大发展，于是纷纷逃走。韩信想着也随他们趁乱逃跑，毕竟自己一个小角色，刘邦不可能注意。

结果没想到他不仅派了人马，还派了自己的左右手。

等等……那为什么刘邦先前要那样冷待？

韩信洗漱完毕，随手一裹里衣躺到榻上，瞪着清亮透彻的眼睛思索。他整整琢磨了大半宿，终于想明白了。

或许这就是传说中上级器重但又不在明面上器重的"推拉"。

2

第二天晚上，韩信得令去刘邦帐中。韩信撩帘而入，见刘邦已备好酒食，正端坐等着自己。

这是韩信头一次如此近距离看刘邦。虽比自己年长许多，但头发依旧乌黑，鼻梁高挺，两颊端正，瞳仁和自己一样是墨色，不同的是那双眼睛看不出什么情绪，幽深如潭。许是因为面善，浑身自上而下透着股成熟温和的气质。

"昨夜之事，谢大王如此看重在下。"韩信朗然开口，叩首拜谢。

刘邦听后眉梢一动，面上挂起笑意。

"既是大才，自然理当如此，快快请起。"刘邦从案后绕出，亲手扶起韩信，"今日只你我二人，不必拘礼。"

落座后，刘邦斟了一杯酒，温声道："先前未给卿一个合适的职位，可有怨我？"

韩信不想撒谎，但此时说实话又不太合适。韩信思索了半天，高高举起酒杯。

"臣自罚一杯！"随即仰头将烈酒尽数灌入喉中。

刘邦微微一怔，朗声大笑起来，说了句韩信没听懂的话。

"萧何说的真是不假啊。"

酒过三巡，韩信酒量向来不好，又遇上这酒性较烈的菊花酒，早就醉得面颊泛红，双眼迷离。

"卿刚才讲，你竟从那屠户胯下钻过去了？"刘邦坐在韩信旁边，右手端着酒

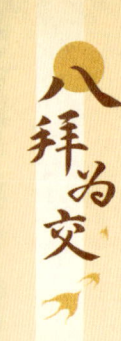

杯惊讶问。

韩信迷迷糊糊一乐："对啊。"

"卿不觉耻辱？"

韩信拍案，大呼一声："当然觉得！只是那小子说，要么我就用身上佩剑杀了他，要么我就钻过去……哼，我只是穷，又不是傻。我若是杀他，便是犯了法，还如何实现抱负？"

刘邦晃了晃酒杯，撩起眼皮看向韩信："抱负……什么抱负？"

韩信抬起头，醉得几乎睁不开的眸子里泛出光与倔强。

"十年磨一剑，平他四海八荒。"

韩信说完，眼睛一闭，头直直向前倒去，眼瞧着便要栽在案上。可足足半晌过去，都没有传来那"咚"的一声。

刘邦慢悠悠饮尽杯中酒，将视线移向韩信。原来他的左手正悬在空中，半掌托住了韩信。

刘邦沉默半晌，缓缓开口："既然如此……那我便让你做统帅全军的大将，如何？"

3

韩信隔天醒来，宿醉令他头痛欲裂。忆起头天晚上，隐约好像记得刘邦说什么封将。

是谁来着？有这事吗？韩信挠挠头，实在想不起来了。几日后，军中果然传遍了大王正在斋戒，又设高台，打算选任最高将领的消息。各个将军虽未明说，但都在心里暗暗觉得是自己。

韩信说没跟着幻想是假的，毕竟从明主、当统帅，几乎是他的最高理想。只是刘邦把自己找回来吃了顿饭后，就什么都没再说过了，他这个名不见经传的小人物也没敢多问。

自韩信出生起，"不被信任"这件事就如影随形，从亭长到乡里乡亲，都觉得他空有一张嘴，注定一事无成。

当年他性格比现在张扬狂傲许多，除了看兵书，最常做的事就是背着一把破剑，衣衫褴褛地到各家蹭吃蹭喝，然后再豪爽地一抹嘴，说等他日后大有作为，定来偿还。

那时候韩信还以为大家都把他的话当真，直到他被亭长老婆下了逐客令，河边洗丝线的大娘施了他一口吃食，他照例感谢作答后，才从大娘口中得知了真相。

"我送你吃的是看你可怜，难道还等着你报答我吗？"[1]

从那时起韩信才明白，原来在别人眼里，自己一直都是个笑话。

封将当天是个阴天，乌云密布。

韩信身着普通士兵的衣服，站在乌泱泱的队列里。方阵前，是铠甲披身、昂首神气的将军们。刘邦一身暗纹锦袍，于高台之上负手而立。面上少了些那天的随和，更多的是君临天下的威势。

"军不可一日无统将，本王与诸卿议论许久，最终商定统将一职由他担任最为合适。"

韩信抬起头看向刘邦，只见他伸出手指，精准而坚定地向自己指了过来。

"韩信。"

刘邦吐出这两个字后，全军哗然。将军们一脸不可置信，众人都在交头接耳。

"韩信？你认识吗？"

"不认识，没听说过啊。"

所有人都在张目探头寻找这位"韩信"是谁，韩信本人定定站在乱作一团的人群中，满眼惊讶地看向刘邦。

两人四目交汇，刘邦眼含笑意地轻轻点了点头。将全军交予自己一个新兵，这是何等信任？这一刻，韩信心脏震动不止——原来这就是为君所信、接近理想的感觉。

头顶黑云压城，韩信却看到万丈阳光洒在自己身上。

4

一切都很不真实，直到刘邦一脸肃穆地找来韩信问计，他才逐渐接受了自己这

---

[1] 《史记·淮阴侯列传》："信喜，谓漂母曰：'吾必有以重报母。'母怒曰：'大丈夫不能自食，吾哀王孙而进食，岂望报乎！'"

个崭新的身份。

"将军何以教寡人计策？"刘邦命人给韩信倒了一杯茶，认真看他。

这是韩信第一次同刘邦讨论国事，他字斟句酌，格外慎重。

"大王现在想争天下，同您制衡的难道不是项王吗？"

刘邦点了点头："然。"

韩信又问："那您觉得比起项王，你们谁更勇悍仁强？"

刘邦拿起茶杯的手微微一顿，而后向茶杯吹了吹气，理所当然道："自然是他。"

韩信见刘邦完全配合自己思路，逐渐大胆开言起来："没错，我也觉得是他。"

一旁侍奉的下人"扑通"就跪下了。

韩信扭头关心："崴脚了？"

刘邦清了清嗓，韩信连忙继续。

"可我在项王麾下做过事。他虽然骁勇可怖，却不能任属贤将，这是匹夫之勇。虽然待人恭敬慈爱，但他把官印棱角盘没了都不舍得给属下封爵，这是集权太过。纵然他现在自称霸王，可因为先前有背义帝之约，而将自己的亲信分封为王，早就尽失民心。

"反观您，入武关时与秦民约法三章，废除苛酷刑法，他们都想拥您在关中为王。所以现在只要您向东举兵，一声令下，三秦便能收入囊中。届时位于关中，进可攻退可守，逐步拉拢各个诸侯王，项羽自然可破。"

刘邦看了看茶杯，仍冒着热气。一盏茶不到的功夫，韩信这番"汉中对"，竟直接筹划出汉军下一步的发展方向。

刘邦抬起头，眼底是藏不住的喜色。

"吾得卿甚早，用卿过迟。"

5

制定计划容易，但汉军若真想东进关中，简直困难重重。章邯受命项羽，严防死守，誓要将刘邦围死在巴蜀。韩信择道而出，章邯选道而堵——这是一场关于刘邦能否摆脱生死困境的博弈。

明月高悬，此时正值午夜，军营内灯火通明。韩信双手撑在案上，眉头紧锁盯着地图，漆黑的眸子锐利无比。随后，他将军旗分插在几处。

"这是何意？"刘邦不解。

韩信站直身体，修长的食指一下一下敲击着桌面。

"先派军走祁山道，作势攻打陇西进军关中，当作烟雾弹。"

刘邦摇了摇头。

"祁山道太过绕远，章邯老谋深算，定能猜出我们不可能走这条路。"

韩信嘴角微微勾起，目光如炬："要的就是他看破我们的'阴谋'。出兵非远必近，与祁山道截然相反，能直插咸阳的便是子午道。如果我是他，我会把精锐兵力驻守在那里。而我们的大军，则将从陈仓道举兵。"

大战在即，攻打陇西的樊哙早已被秘密调回，与刘邦的大军集结完毕。韩信穿上盔甲，神情肃穆，墨发一丝不苟束起。他昂首坐在战马上，双眸漫着彻骨寒意。伴随一声石破天惊的号角声，他身下骏马高高扬起前蹄，韩信披风猎猎，手中宝剑直指苍穹。

"杀！"

汉军从陈仓道鱼贯而出，源源不断，以势不可当之势涌向楚军。当章邯反应过来自己中计，快马加鞭再往回赶时，韩信已如天神般站在陈仓的城墙上。

在韩信的带领下，汉军士气大作，杀得章邯节节败退，被迫困守废丘。

至此，刘邦生死困局全然被破，汉军的大旗扬遍关中。

傍晚，韩信坐在营帐外，烤着篝火看向夜空。

他想起当年那个背着把剑到处"吹牛"的自己，眼角挂上些许欣慰的笑意，愉快出声："我打得还不错吧？"

一道深沉柔和的嗓音从背后传来："岂止是不错，甚好。"

韩信闻声慌忙起身："大王。"

刘邦拿着酒走过来，拍了拍韩信肩膀，随后坐到他身侧倒了两杯。

"卿今年不过二十余岁,第一次统军打仗便赢得如此漂亮,真是后生可畏啊。"

刘邦接近叹息着说出这句话。月光皎洁,衬得玉杯中的琥珀佳酿分外漂亮。

"本王敬你一杯。"

韩信听后深深拜谢,仰头将酒一饮而尽:"多谢大王赏识。"

他正打算重倒一杯,再敬刘邦,刘邦却伸出手,轻轻盖住他的杯口:"你酒量差,还是少饮。"

韩信听到这句话,心中忽然一动。不过他还是觉得应敬刘邦,所以执意想斟酒。刘邦盖住杯口的手缓缓压了下来,眸中盛着笑意。

"无须这些,我知卿心。"

6

还定三秦后,一如韩信的汉中对所言,各个诸侯王纷纷投奔刘邦。

不多时,刘邦组建了五十六万大军。此时韩信正在收拾秦地残军,刘邦则打算趁着项羽平齐国乱,东出讨伐西楚。

由于项羽不在,彭城很快被攻下。

刘邦入主楚宫,收美人,享美酒,日日设宴。可他忽略了一点,那同自己作战的五路诸侯本就是见风使舵,五十六万听起来数字庞大,实则不过一群乌合之众。

项羽得知彭城沦陷后,大发雷霆,仅率三万人马攻了回来,杀得刘邦措手不及。在项羽威慑下,汉军泱泱兵马溃不成军,诸侯也飞快倒戈。项羽举兵西进,诸侯联军蜂拥逃窜,自相践踏而亡、被楚军所杀者达十万余数。十万联军逃至灵璧东部睢水边时,被楚军生生赶入河中淹死,一时间血流漂杵,"睢水为之不流"。

而被项羽死死追击的刘邦在被楚军包围时,在突然刮起的大风掩护下突围而出,逃往老家沛县丰邑。一路颠沛流离,刘邦逃到下邑后,才收拢残兵,向西退往荥阳。

彭城一战,汉军元气大伤,刘邦的大计彻底被打乱。而项羽则以英勇之姿,扭转了四面楚歌的局面。

韩信回到荥阳时，脸上还带着血痕，来到刘邦的营帐外，透过烛光，能清楚看见刘邦正独自一人站在案前，身影萧条落寞。

韩信本想进去说些什么，最后还是没有，只是在帐外拜了一拜，转身离开。

7

从那以后，韩信几乎把全部时间耗在了军营里。练武场上披星戴月，帐内灯火燃至天明。

安邑之战，他故设疑兵，假意渡河关。

井陉之战，他拔旗易帜，背水列阵。

俘虏魏王，大破赵国，灭代降燕，平定齐国……

伴随着韩信手上的茧子厚了一分又一分，汉军的大旗插在一寸又一寸的土地。

潍水之战后，韩信终于松了一口气。因为这场战役的胜利，代表着汉王终于有绝对势力发起反攻，而项羽已经是强弩之末。

可只一瞬，韩信又倏尔皱眉："齐国狡诈多变，又与楚国相连，反复无常，不可不防。如此一来，选谁暂时做王合适呢？"

"罢了，还是我亲自镇守更有把握，现在这个关头，不可节外生枝。"

随即，韩信提笔写信，打算寄给刘邦。其实他写这封信还有另一个私心。近来他与刘邦不合的传言甚嚣尘上，说他功高震主，刘邦疑心他会反。韩信听闻这个消息只觉好笑。但要想破此谣言，只需管刘邦要个代理王就是了。若大王给了，便代表信任自己。如此一来，一举两得。

很快，刘邦的回信传来了。

"大丈夫定诸侯，即为真王耳，何以假为！"

卿平定诸侯，便是真王，何需代理？韩信简直想把这封信给天下人都瞧瞧——这就你们说的心生嫌隙？看看我们君臣关系有多好！

面对武涉和蒯彻接连来劝说让他自立为王，韩信都不屑一顾。

"吾闻之，乘人之车者载人之患，衣人之衣者怀人之忧，食人之食者死人之事，

吾岂可以向利倍义乎！"

——我既已受大王恩惠，是死是祸，皆当承受。

韩信能如此笃定说出这句话，除了道义，更是因为他相信披心相付的刘邦，永远不会把矛头对准自己。

汉五年十二月，韩信乘势大败楚军于垓下。伴随着那声声楚歌，韩信所向披靡，将项羽的十万军队尽数歼灭。战火与硝烟的赤色中，韩信乌发凌乱，鲜血顺着额角蜿蜒流下。

他站在一片废土上，看着项羽落荒而逃的方向，将剑用力插进脚前的土中，拄着剑柄张狂大笑。

"哈哈哈……项羽！现在谁才是天下的王？"

8

不过后来事情的发展并不像韩信预料的。刘邦驰入韩信军中，收了他的兵权，封他做楚王，连续许久未曾再召见他。

韩信听闻有多人上书说自己谋反，更有人建议直接坑杀自己。韩信不解，更觉得离谱。自己怎么可能反呢？他一直觉得刘邦定会信任自己是忠臣良将，直到他听闻陈平进言，让刘邦先假装巡游云梦泽，待到陈县他来拜见时，便趁机将自己拿下。

而现在，刘邦已经在来楚国的路上了。

……难道是因为自己和项羽旧将钟离眜交好？

韩信捧着钟离眜的人头，在陈县外默默等候。

半日后。

队伍的烟尘逐渐靠近。刘邦翻身下马，看着那颗头，面上无悲无喜。他向身侧挥了挥手，数位武士上前擒住韩信。韩信被迫戴上械具，跪倒于地。他高抬起头，语气满是震惊诧异。

"敢问陛下究竟为何？"

刘邦声音一如既往地平静。

"你谋反。"

韩信诧极而笑。

"皇上信他们？臣若是想反，早反了，何需等到今天？"

他紧紧盯着刘邦的眼睛，可那双眼睛一如自己初见时的样子，幽深如潭，没有一丝涟漪。韩信脑子里突然没由来地蹦出一句话，那是在他第一次统兵就大获全胜的那个夜晚——"卿，后生可畏。"

其实……无所谓反与不反吧？韩信垂下头，恍然想明白了一些事情。

所谓狡兔死，良狗烹；飞鸟尽，良弓藏；敌国破，谋臣亡。

"天下已定，我固当烹。"

刘邦的脸上还是那副四平八稳的样子，他低着头，漠然看着韩信的反应，随即转身离去。

"等一下！"

韩信忽然开口。

"高帝，既然您从未信任过微臣，五年前那晚，您为何派人追臣回来？"

刘邦闻声脚步停住，站在了原地。

9

公元前206年。刘邦正在帐内焦灼踱步，门外小兵来报："大王！回来了！"

刘邦连忙迎向门口，只见萧何气喘吁吁走了进来。刘邦又喜又气："你为何要跑？"

萧何实话实说："臣下没跑，不过是去追逃跑的人。"

"何人？"

"韩信。"

刘邦没做声，示意萧何说下去。

"此人国士无双，与汉汉重，归楚楚安。若您想夺天下，非他不可。"

刘邦想了想："那便封他做个将军。"

"不可。对他必择良日，斋戒，设坛场，具礼，拜为大将才行。"

刘邦眼底仍有疑惑，萧何又道："大王，只要您诚心用他，他必能成为您最称手的武器。"

械具沉重，韩信仍仰着头，看着刘邦。
刘邦缓缓回过身来，声音轻缓。
……
"那晚，朕追的是萧何。"

10

这件事后，刘邦并没有杀韩信，而是削去王位，将他贬为淮阴侯。不过对于韩信来说，是杀是贬，好像也没什么不同。

先前他当上楚王，曾风风光光回乡一次，把年少时那些"定来偿还"的承诺都一一兑现了。当年那个混吃混喝的少年以及不堪回首的过往终于和他一笔勾销。可没想到，自己引以为傲的知遇之恩，这段君臣情深的经历，才是一场真正的笑话。

所以当有人再次告发他造反，吕后与萧何将他传去永乐宫，说要为陈豨之死庆贺时，他已经可以预见到结局。

韩信行至永乐宫外，看见吕后与下人故作镇静的表情，几乎忍不住蔑然讥笑出声。
呵，这帮人难道忘了自己是谁吗？
——他可是兵仙啊。
一生征战沙场，设陷掌局，未尝有败绩。战场瞬息万变，任何风吹草动都逃不过他的眼睛。今日这局，真当他识不破？

11

韩信被斩杀前，刘邦并没有回来。钟室内黑得像夜晚。韩信依旧傲挺着他苍松般的脊背，一片漆黑中，仿佛又看见了那双眼睛。
静水深潭，幽暗无波。

磨刀声阵阵回荡在钟室里，尖锐刺耳，阴森瘆人。

"咚——"

宛如当年醉酒，只是这次韩信的头，终于磕在了案上。

【知己留音】

金兰之交

鸡黍之交

文／明戈

端正重诺书生范式

×

风雅体弱名士张劭

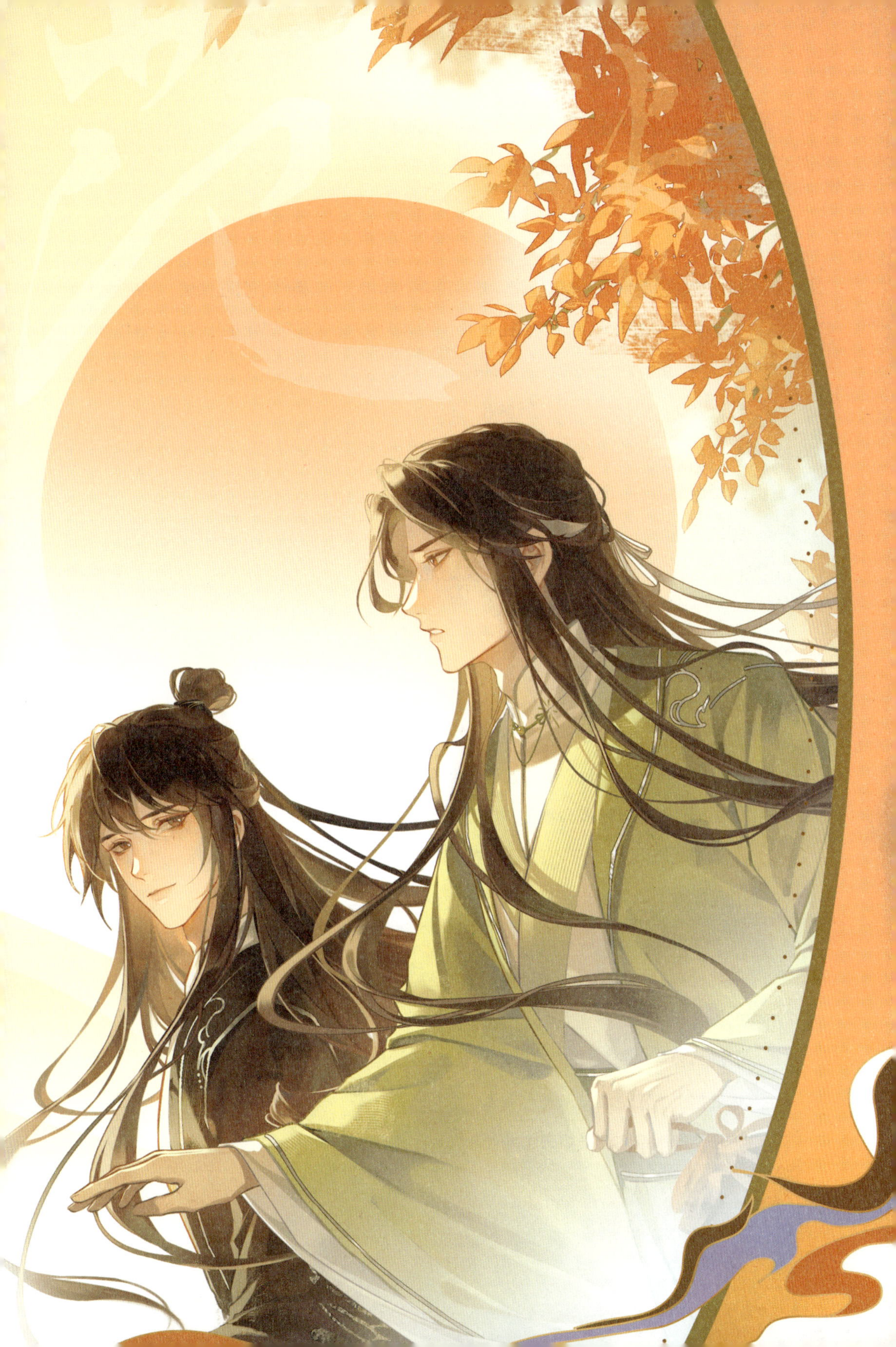

"有能耐你花钱住太学外边儿！装什么清高！"

张劭关上房门的一刻，屋里传来前室友的骂声。

张劭已经来太学求学两年了，先前一直过得很太平。

虽然之前也有室友，但那位同窗基本没来过学校，所以相当于自己独居一间庐舍。

张劭学习很刻苦，日日睡得比鹰晚，起得比鸡早。除了去课堂上课，平日里不聊天不交友，就待在自己的小屋里看书。

最近太学扩招，管事的发现他独住，就给他派了位室友来。结果这位室友可倒好，鸡不打鸣他不睡。张劭每每辛苦背完书，躺下想好好休息一会儿，室友就开始呼朋引伴饮酒作乐，一喝便是到天亮。

张劭苦不堪言，终于申请换了庐舍。也不知道是太学这一批进来的学生不行，还是自己运气衰，连换三次，遇到的室友都差不多。

这天晚上，张劭终于忍不住爆发了。

"你们来太学不好好学习，成天饮酒作乐能有什么出息？"

张劭性子软，为了能语气坚定地说出这句话，足足做了两个时辰的心理建设。七吵八嚷的屋里陷入一片安静。过了一会儿，为首的那个突然乐了。

"有意思啊。"那人像看傻子似的看着张劭。

"你不知道'公卿之子不养于太学'吗？咱们这儿三万多人，一个老师少则几百[1]，多则几千学生，能学到什么知识？"

张劭被噎得一愣，那人慢悠悠走过来。

"朝廷选官是靠察举，大家来这太学游学不过是图个名声，你看有几个真钻研书本的？"

张劭举起手中的书，有些结巴："我，我就是！"

远处榻上不知是谁发来一声嗤笑。

"那你就带着你的书滚去别处。"

---

[1] 《文献通考》：公卿子弟不养于太学，而任子尽隶光禄勋……。

随即几人笑作一团，张劭脸涨得通红，开始忿忿收拾行李。

可等他拎着行李关上屋门的一刻，他后悔了。寒冬腊月，半夜三更，宿舍户户都紧关着门，他又谁都不认识，能去哪儿住？

正当他仰头哀叹，隔壁宿舍的门"吱嘎"一声开了。

一位头发散乱、睡眼惺忪的高个少年出现在门口。他懒散地倚在门框上，许是因为太困，双眸半睁半阖，纤长的睫毛低垂覆下，脸庞轮廓分明。

冷风吹过，少年冻得缩了缩肩膀，珠白色的睡袍翩飞。见张劭半天不动弹，于是伸手往屋里指了指，随即转身回去了。

张劭琢磨着他的动作。

这……是让我跟着进去的意思？

张劭拎起行李，试探着走进屋。

只见那少年已经躺在榻上睡着了，身子在薄薄的棉被里蜷着。对面的榻空着，床头书案上也没有东西，看起来并无室友。

张劭这时才反应过来，人家是好意借给了自己一张床。可他是怎么知道自己在门外无去处的？

张劭十分疑惑，但架不住瞌睡虫往外跑，铺好床褥后，躺下不过几分钟便睡着了。

张劭向来觉轻，不知过了多久，被耳边一阵窸窣声吵醒。他起身向那少年的榻上看去，竟是空无一人。窗外的天刚蒙蒙亮，正是自己每日起床温书的时间。这人竟比自己起得还早？

他忽然记起先生之前说这月初要抽背《左传》，就是今天。难不成这人已经去讲堂背书了？想到这儿，张劭不禁有些热泪盈眶。

——终于遇见好学生了！

张劭走到那人桌前，想看看对方的名字，到时也好打招呼。结果赫然瞧见墙上备忘录，龙飞凤舞几个大字。

"月初寅时，上山捉鸡。"

张劭清楚听见自己心碎的声音。

今日教授《左传》的先生是位大儒，许多太学学子很早便赶来听课。张劭左顾右盼一顿找，到底没瞧见那人。

看来确实是个不学无术的……下课后，张劭摇头叹息着回到寝室。

一推屋门，一道黄中带黑的影子从自己眼前扑棱棱飞了过去。

"啊啊啊！什么玩意儿！"

张劭吓得整个人贴到门板上，心脏扑通扑通地狂跳，慌张地到处看。那人不知什么时候回来了，从椅子上站起身，波澜不惊地走了过来，站到张劭面前。

他头发束得一点也不整齐，碎发凌乱，眉梢眼尾微微上翘，又颓又丧。由于离得太近，张劭甚至能看见他眼角的痣。张劭仿佛被丧鬼索命，几乎把自己镶在了门上。

正当他憋不住想开口说话时，那人侧身弯下腰，双手朝张劭腿侧猛地一伸。

伴随着一声"咯咯哒"，他已经站直身体，手上正熟练地抓住一只黑黄色母鸡的翅膀根。

"……母鸡？"

张劭无比震惊。那人面瘫脸上嘴角微微一扯，似乎十分无语。随后他走到榻旁伸手一送，将母鸡放进了简易笼子里，反手从窝中掏出了两枚鸡蛋来。

张劭这时才明白过来是怎么回事。

虽然朝廷不向他们太学生收学费，但是求学的过程中仍然需要其他费用，比如饭食一事，就需要学生自理。这笔费用家境尚可的便由家里出，一般的就需勤工俭学。

所以学生们有为人帮佣的，有自己做小买卖的，还有做助教的。很显然，这位好心收留自己的同学正在通过养鸡解决吃饭问题。

"额……你好，昨晚谢谢你。"张劭小心翼翼开口。

"范式。"那人回过头来，突然说了一句。

"钢[1]。"张劭连忙接话。

"人是铁，饭是钢。仁兄不必多言，我都明白。"张劭用力点了点头。

---

[1] 东汉时期出现"百炼钢"。

那人几乎忍不住翻了个白眼。

"我叫范式。"

……

张劭看了看自己行李，好像冻死在外边也挺好的。

由于下午没有课，张劭在屋里看书，范式也在纸上划拉着什么。张劭看了看他懒懒歪在凳子上的身影，忍不住开口："你辛苦来这太学，为何又不好好学习？"

范式拿眼角斜了一眼张劭："你怎知我没学？"

张劭瞪大眼睛："你都没去上课！"

范式转过头来，看向张劭。

"今日抽背《左传》是吧？考我一段。"

张劭想了想。

"既克，公问其故。对曰：'夫战，勇气也。'下一句是什么？"

范式头靠在椅背上，闭上眼，轻松开口："'一鼓作气，再而衰，三而竭。彼竭我盈，故克之。夫大国，难测也，惧有伏焉。吾视其辙乱，望其旗靡，故逐之。'"[1]

流利顺畅，一个错字没有。范式睁开眼，瞧着张劭惊讶的脸，一挑眉尾。

"都背会了，还去干吗？"

范式的确是个学霸，张劭这种"四书五经"级别的卷王，学得都没他快。更可怕的是范式从来不挑灯夜读，每天看三个时辰书，剩下的时间就是睡觉、河边抓鱼和催鸡下蛋。

张劭也曾试过和他比试背书，五局三胜，结果五局皆惨败。从那以后，张劭佩服得五体投地，老老实实管他叫师兄。

"师兄，窦大人来了，你不去吗？"

张劭着急忙慌跑回宿舍。

"不去。"

---

[1] 出自《曹刿论战》。

范式头都没抬。

"他每次得了赏赐都会过来把钱分给太学生,人特别好,为什么你不去领啊?"[1] 范式两腿交叠,慢悠悠翻过一页书,语气意味深长:"官员孰好孰坏我不知,我只知道受人好处,日后便要还。若是他日同朝为官,你说这恩我报还是不报?"

张劭听完,看着范式捻书的修长手指忽然有些愣神。他头一次发觉,师兄不只脑子聪明,竟还如此有智慧。要知道,聪明和智慧可完全不一样。

范式感受到张劭目光,转过头来。

"瞧什么呢?"

张劭老实开口:"瞧师兄有智慧,大智若愚。"

范式放下书站起身来,从张劭身边经过时微微勾起嘴角。

"你也不错,大愚若智。"

张劭看着范式离去的背影,反应了半天。

"……大于弱智?"

随着两人交往愈深,张劭愈发觉得范式不一般。所以不论范式去哪儿,他都抱着本书在后头跟着。这日范式去捉鱼,张劭又一步不落地跟着去了。

寒冬已过,溪水全然开化,清流湍急。枝头迎春花开得正好,柳树也悄悄抽出了嫩芽,莺啼日暖,燕舞晴空。

张劭每天就是闷在屋里读书,看见这一派山涧春景,不由心情大好。

范式拿着鱼叉站在石上对张劭说:"你知道吗?不是所有的知识都来自于书本,学习也并非短短人生里唯一的事情。"

张劭听罢若有所思地点了点头,而后"啪"一拍背包。

"一说书我才想起来,后天要考《周易》六十四卦,我还没研究明白……"张劭一边往外掏书,一边嘴里碎碎念,"你说当年秦始皇焚书令里怎么就特别提到占卜之书不用烧呢?"

范式叹了口气,一脸"孺子不可教也"的表情。

---

[1]《后汉书·卷六十九·窦何列传》:窦武字游平,扶风平陵……得两宫赏赐,悉散与太学诸生。

"师兄，你可懂这卦相？"

张劭走到溪边，扬了扬手里的书。范式眼睛紧紧盯在鱼上，嘴里丝毫不走心："懂，我不仅会算卦，还会'招魂'呢，走你！"范式手上突然发力，狠狠向石缝中插去，惊起一大簇水花。

"哈哈捉到了！"

张劭自头顶滴答滴答往下淌着水，抹了一把脸："师兄……你是故意的还是不小心？"

夕阳西下，范式熟练地生起了火，把两条鱼架到火上慢慢烘烤。

张劭却觉得烤的不是鱼，而是自己的心。

"师兄，别烤鱼了，想想我考试吧……"张劭指着摊在石头上湿答答的课本，满脸写着"求求你了"。

范式悠哉悠哉地翻着鱼。

"你后天考试过了如何？没过又如何？"

张劭想都没想，脱口而出："过了代表我学会了，没过代表我学得不好。"

范式哼笑一声："你被书本框得太死了，呆子。"

张劭嘟嘟囔囔地还想狡辩些什么，范式忽然看向他，认真问道："你来太学两年，交过朋友吗？"

"没有啊，交朋友多碍事，我来这儿是学习的。"张劭说完忽然意识到了什么，又补了一句，"你除外，你算是我偶像，我就没见过比你背书快的。"

范式想了想，没再说话了。

夕阳逐渐沉入群山，一轮明月挂上枝头。

"好了。"范式最后撒了把盐与花椒碎，把鱼递给张劭。张劭饿极了，几乎没吹热气就咬上一口，随后两眼冒光："哇！好吃！"

张劭不顾烫又来了一大口："师兄你手艺绝了，和我娘有得一拼！"

"令堂做饭很好吃？"范式熟练拆着鱼肉。

鸡黍之交

"特别好吃，尤其是酿的杜康酒，简直一绝！有机会真应该带你去我家尝尝。"张劭鼓着腮帮子热情道。

范式听着张劭的话，羽睫下的眸子不由划过笑意。

一顿饱餐后，范式伸了个懒腰向后仰去，随意躺到了草地上。他歪头看了眼张劭，只见他仍不安地瞟向课本，于是清了清嗓道："反正今日你温习的课本也用不到了，不如给自己放一天假。"说罢伸手拍拍地上，"来，看会儿星星。"

张劭半天没动，范式无奈又补了一句：

"明天我帮你复习。"

"真的？谢师兄！"

张劭闻声雀跃而起，快步走了过来，与范式并排躺下。

张劭身下的草地很松软，晚风拂过，能闻到阵阵青草香。林子四周幽静无比，只有小溪淙淙流淌，与偶尔三两声鸟鸣。抬头看去，是一望无际的辽阔夜空。星子如宝石般密密麻麻缀在深蓝的锦缎上，熠熠生辉，一直蔓延到天边。

张劭不是没看过星辰，只是像现在这样认认真真看，似乎已经许久没有过了。他自小到大的记忆里，只有书案上的明暗烛火与学堂围墙上巴掌大的天。

现在这苍穹近得仿佛贴着自己的脸。置身于这样一片浩渺无垠的星河下，张劭只觉草地上的自己十分渺小，连带世间的一切都渺小起来。在这种永恒的壮美中，脑海里随之而生的是一些名为自由的东西。

张劭忽然想起刚才范式问自己的话——"后天考试过了如何？没过又如何？"

人生百年，一场考试好像确实算不上什么。

"《庄子·内篇·养生主第三》，首句是什么？"

范式嘴中衔着一根草，跷着腿忽然问道。

一提到背书，张劭方才放飞的思绪猛然收回。他认真想了想，一本正经地回答："吾生也有涯，而知也无涯。以有涯随无涯，殆已！"

随着那句"殆已"落罢，张劭突然明白范式为何如此问自己。

人的一生是有限的，知识却是无限。用有限的生命去追寻无限的知识，只会伤神疲倦，以失败告终。

书本里这句他死记硬背许久的话，此刻如回旋的巨斧般，重重落回到他自己身上。张劭将头向右转去，发现范式也正侧过头看着自己。他的发丝柔软而凌乱，平日里张扬的眉眼变得柔和。

漫天群星作衬，对视间，张劭在范式带笑的眸子里看见万丈银河。

一瞬间，张劭清楚听到自己心中某些桎梏破碎的声音。

经过范式第二天的单独辅导，张劭顺利完成考试。只是这次，他没有再像往常一样洋洋自得第一个交卷。因为他现在明白过来，他仅仅是比别人先学会了而已，别人早晚也会学会，这没什么可骄傲的。

张劭也逐渐发觉自己原来有多么浅薄。那些他曾经瞧不起的人，在其他方面比自己强得多，只是他的评价标准太过单一，从未发现而已。

教无常师，道在则是。[1]《韩非子》中"万物可以为师"这句话，张劭此刻才算是真正理解。

"呆子，最近开窍了？"

范式抱胸坐在树下，看着闭眼感受春雨的张劭笑道。

张劭睁开眼，感慨万千："可不，感觉前面十多年白活了，怎么就没早点儿认识师兄呢？"说罢张劭想起来了什么，忽然扭头问道，"对了师兄，之前那晚你怎么知道我在门外冻着？"

范式眸色一动。

张劭语气轻快，宛如一滴雨破开水面，荡漾开他满池回忆。

范式记不清自己是从什么时候起注意到这个少年的。

也许是某个午后，大家都在太学里悠哉散步，唯有他抱着一摞书行色匆匆；

也许是在每次课上，他都抢着坐在第一排，先生提问便拼命举手的书呆子行为；

---

[1] 出自潘岳的《闲居赋》。

也许是某次坐到他旁边，看见他听课犯困使劲儿掐自己大腿，又疼得偷偷捶桌子。

直到后来有天晚上，范式听见了隔壁的争吵声。在一声巨大的关门声后，范式想了许久，打开了自己房门。

果然，门外是那个肩背手提一大堆书的少年。他被冻得有些发抖，小鹿般的圆眼睛里满是迷茫。

从这一刻起，他决定为这个少年寡淡的人生添上一些色彩。

"师兄？"张劭见范式久久不回答，唤了一声。

范式回过神来。他歪了歪身子，面上又挂上了那副不正经的表情。

"那晚我睡得正香，突然梦见有个冻死鬼在门外叫我，我起来一打开门就看见你了。"

张劭一脸震惊："真的假的？我活着就能托梦了？"

范式左眉微微一挑："天赋异禀，大愚若智。"

"师兄！你又逗我！"

张劭佯装生气扑过去要打范式，范式灵活躲避开来。

"劝你最近对我好点，下周我就走了。"

张劭一愣，消停下来，蹲坐到范式旁边。

"师兄要去干什么？"

"回家一趟，办了休学，两年后再回来。"

张劭双眼瞪得溜圆："两年？两年后我都回家了！还上哪儿见你去？"

范式大笑着靠回树干，悠悠道："那我两年后先去师弟家做客，再回太学。"

"真的？"张劭的表情肉眼可见地欣喜起来，"那师兄可不许骗我！"

"不骗你，我到时要是忘了，你就提醒我一声。"

张劭茫然地眨眨眼："提醒？怎么提醒？"

"你不是会托梦吗？"范式一歪头，"以后只要你有事找我，就给我托梦。"

"师兄，我又不会托梦。"

后来张劭在太学考过了两门儒家经典，打算先回家休息一阵子，正好等范式过来。

"娘，您再酿点杜康呗？我有个朋友半年后过来。"

"朋友？"张劭母亲忙着手中针线活儿，"你终于交到朋友了？"

张劭满头黑线，随即大致讲了讲经过。

母亲听后不由笑了："你这朋友家在山阳金乡，相距千里。听你所言，性子又是洒脱。两年之别，千里结言，岂能当真？"

张劭连忙焦急纠正："他是个讲信用的人，既然答应了必然会过来！"

母亲看着张劭认真的样子，思索片刻后停下手。

"既然如此，那我便为你们酿酒。"

从那天起，张劭几乎掰着手指头数日子。

终于，到了约定的日期。张劭一大早就跑去路边等着，生怕范式找不着地方。

一个又一个行人从他面前路过，都不是记忆中那个身影。张劭来回不安地踱步，甚至站到石头上眺望。直至黄昏时分，忽然，他身边响起一道熟悉的声音。

"咯咯哒——"

一只漂亮的母鸡正在自己齐肩高的地方高亢鸣叫，紧接着，一张熟悉的脸从翅膀旁探了出来。

"不知道送点什么，送只鸡好了。"范式笑眯眯道。

"师兄！"张劭热泪盈眶，扑上去抱住范式："你终于来了！"

母鸡在中间被挤得咯咯乱叫。

随后，范式升堂拜见了张劭的父母，两人来到早就备好的酒菜旁。这时张劭才仔仔细细看了看范式。

两年未见，他个子又高了许多，头发依旧扎得随意，自由逍遥的气质比起原来更胜三分，仿佛什么都束缚不住他。

"师兄长高了。"

"师弟没长个。"

鸡黍之交

两人碰了碰酒杯，同时开口。

张劭忍不住发笑，还是熟悉的师兄。

"这两年过得怎么样？"范式喝了一口杜康，而后惊呼出声，"令堂这酒当真不错！"

"没骗你吧？"张劭学着范式一挑眉毛。

"我过得挺好的，在家歇了小半年，过阵子打算去补文学掌故的缺额，随后再慢慢往上考。对了，我回来后还交了两个新朋友。"

范式故意夸张道："哟！师弟会交朋友了？"

张劭捶了一下范式肩膀："师兄！"

三天时间过得飞快，已然到了告别的时刻，两人相顾无言。张劭不想把气氛搞得那么伤感，于是背过身去深呼吸了一下，才又转回身来。

结果范式竟然压根没等自己，已经走出二三十米外了。

"喂！再见都不说一声就走了？"

范式继续潇洒走着，举起手挥了挥。

张劭终于没忍住，大喊一声："师兄，我们下次何时能再见？"

范式停下脚步，转过身来。

"我的使命已达，你且大踏步向前走吧。"

范式声音很轻，一阵风吹过来，这句话不知道飘到了哪儿。

"师兄！你说啥？"张劭一脸蒙地往前探了探耳朵。

"我说！想我了就给我托梦！"

远处夕阳余晖如一副浓墨重彩的画，橙红一片，炽热如火。

后来张劭日子过得很好，多姿多彩，有了不少新爱好，书也仍旧读得很好。他像自己先前说的，一边看山看水，一边慢悠悠地往上考。

张劭应该有个相当不错的人生。

——如果半个月前没生那场重病的话。

他的生命宛如一匹疾驰的骏马，被用力勒了一下缰绳，猝不及防地停住了。

临终前，张劭并没有遗憾自己的人生草草收场，相反，他很庆幸曾经拥有过那些恣意的宝贵时光。

在众人的哭声中，张劭感觉自己的身体越来越轻，越飘越远。他想起了先前范式和自己开的玩笑话，于是试探着在一片云海中寻找。

风吹歪了他的帽子，鞋也拖拉着快掉了[1]，手里还紧紧拿着娘亲新酿的两壶杜康。

终于，他看见了一抹身影。

"师兄啊，告诉你个坏消息，我去世了，四日后正午下葬，你来看看我吧。"

张劭说完，便在空中看见范式从睡梦中惊醒，呆呆坐在榻上，眼泪扑簌簌落下来。

后来范式夺门而出，策马昼夜不分地向汝南奔去。张劭在天上飞着，能听见他心中正声声念着自己的名字。

张劭毕竟是用飞的，自然比范式快许多。他回到家时，只见自己已经要被抬走了。张劭拍着门板惊呼："哎呦你们慢点！还有人没到呢！"

可惜没人能听见他说话。

他记起自己临终前，曾对照顾自己的两个朋友说过，希望见一见范巨卿，自己唯一的生死之交[1]。

虽说那时候说这话情商是有点儿低，但他们应该能听懂自己的暗示吧？

"一二——起棺！"二友悲哭道。

很显然，他们没听懂。

送丧队伍一步步向前走去，张劭焦急地在天上乱飞。终于，他没忍住飞冲下来，坐到了自己的棺椁上，棺椁"哐当"砸到了地上。

众人大惊，纷纷高呼："这木棺怎么不走了？"

张劭：说了等人等人的！

不过一会儿，远处一阵烟尘扬起，疾驰的马蹄声由远及近。

范式翻身下马，腿脚发软地走向棺椁。衣衫不整，面如土色。他扶住棺椁，张开干裂的嘴唇。

1《搜神记·卷十一》："式忽梦见元伯，玄冕乘缨，屣履而呼曰。"

鸡黍之交

"师弟，我来晚了。"

张劭拍了拍手上的灰，从木棺上跳下来，内疚又感动地看向范式。

范式握着牵引绳，亲自为张劭下葬。张劭盘腿坐在碑上，看着范式失魂落魄地为自己的棺椁盖上一抔抔土，又种了一棵树，不由想拍拍他的肩。

可惜，手掌从他肩头穿了过去。

落葬完毕，众人依次散去。范式却一直没有走，拿着一壶杜康靠在树干上呆呆坐着。

张劭看着逐渐下沉的夕阳，又开始着急了。

"师兄，你不走我得走了啊，你这样我怎能安心？"

张劭灵机一动，吹落了几片叶子。范式拾起一片，抬头看向这棵分明绿意盎然的树。

张劭见状，连忙鼓起腮帮子，又使劲儿吹落几片叶子。一片叶子此时精准落在范式的肩头，像故人的手。

范式看着落叶凝神思索片刻，忽然明白过来了什么。他连忙站起身来，焦急又欣喜地四顾。

"师弟！"

张劭看着范式嘴角的笑，终于松了一口气，满意地拍了拍胸口。

"我可真是大智若愚。"

夕阳越来越低，光芒逐渐淡去。

"师兄啊，你那么聪明，一定能明白我的意思，莫为逝者悲。"

张劭碎碎念着，身子逐渐透明，向天边归去。

范式把落叶在手中紧紧攥了攥，仿佛能看见张劭走远的背影。

他把手拢在嘴边，大喊了一声。

这次换张劭没有回头。他大踏步走着，潇洒挥了挥手。

"向前走吧师兄！带上我那份，好好看这烟火人间！"

在一片沉静的暮色里，夕阳终于完全消失了。

可远空之上，晚霞依旧闪闪发光。

那是属于两位少年的，永不消逝的青春。

鸡黍之交

总角之交

ZONGJIAO ZHIJIAO

文／拂罗

意气风发小霸王孙策

×

光风霁月贵公子周瑜

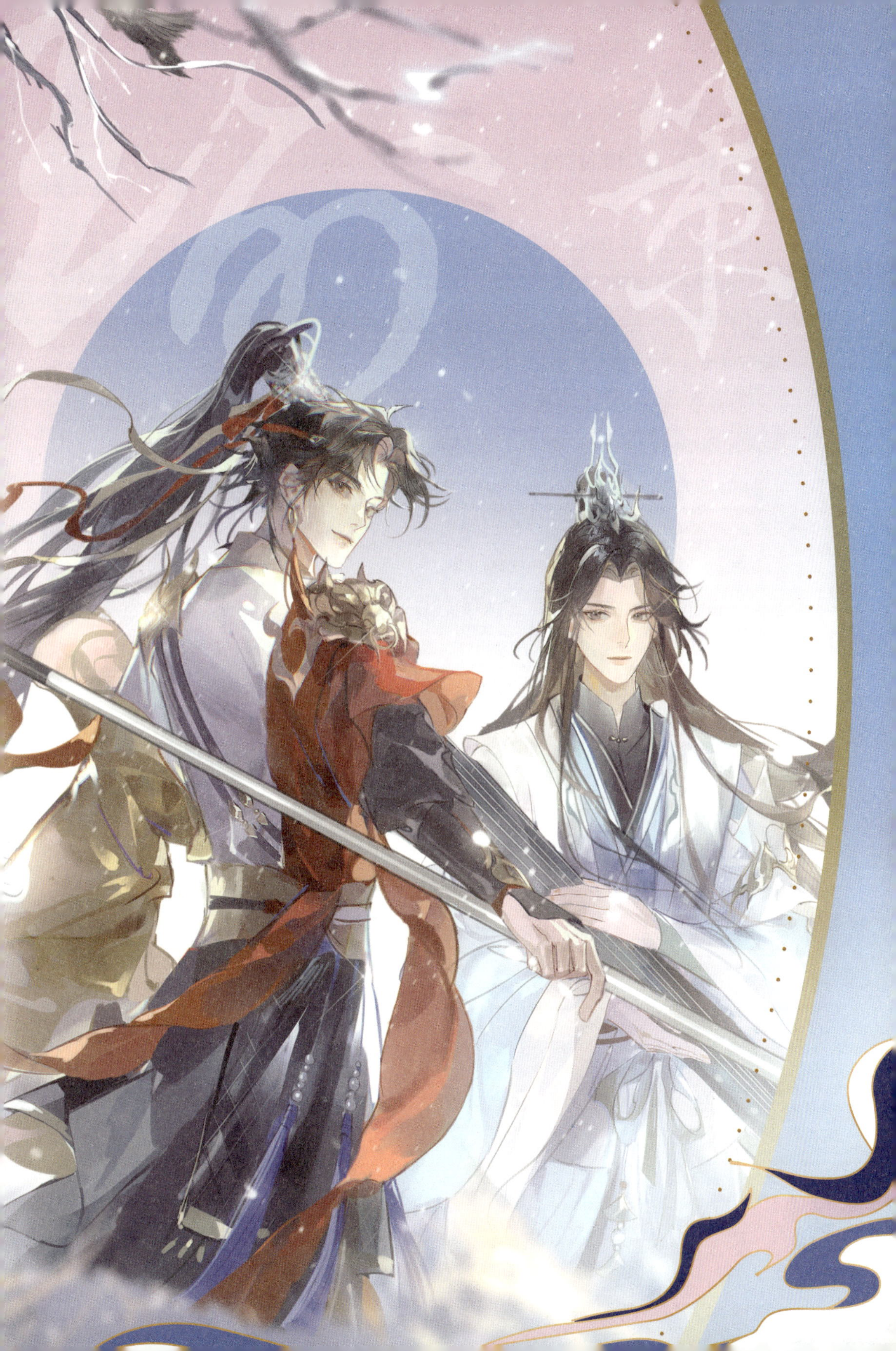

建安十五年，巴丘夜风如诉，刮了彻夜。

"瑜以凡才，昔受讨逆殊特之遇，委以腹心，遂荷荣任，统御兵马，志执鞭弭，自效戎行……"

最后一晚，周瑜在屋里披衣挑灯，写了整宿的奏章。

赤壁之战大败曹军以来，版图即将焚作三分，偌大的山河成了刘氏王朝的陪葬品，以后便是彻彻底底的乱世了。而今，英雄枭雄都在明处暗处伺机而动，吴地既与曹操为敌，又要提防刘备，万不能放松警惕……待自己长辞以后，仲谋能否明白这道理？

那孩子，自从目睹兄长遇害以后，其实年年都要比以往更独当一面些，但遥想仲谋听闻噩耗后失声痛哭的模样，自己终究放心不下，忍不住在笺中再三叮嘱。

"人生有死，修短命矣，诚不足惜，但恨微志未展，不复奉教命耳……"[1]

毕竟，这恐怕就是最后一封奏章了吧。

——当年并肩打下的江东，原来你我都无缘见证它到最后，伯符。

去年那贯穿骨肉的箭伤，仍致肋处隐隐钝痛，折磨着病入膏肓的身体。周瑜极力抑制着胸腔里剧烈的咳嗽，捉笔写信。

剩下的那些漫长年月便交给仲谋来守吧……

身体正一分分地虚弱下去，如同案上将灭未灭的火烛。

弥留之际，可否允我重回一趟年少？倘若回去，记忆那头是否会有故人在等我？

正胡思乱想着，夜风"咣"地推开窗，自顾自送来一抹皎洁的月色，缥缈苍凉如古琴曲，周瑜微微恍神，他抬头望向窗外，总觉得今夜的月亮十分亲切。

很像少时在故乡与那人比肩共看的明月。

"伯符？是你来了吗？"

或许是弥留之际的错觉，他眼前又浮现出这样一幕光影：深秋时节的庐江郡湖畔，两个江东少年策马飞驰，互不相让，一前一后闯进雪片鹤羽般的芦苇荡，惊飞了一大群水鸟。

扑棱棱……

---

[1] 出自周瑜的《疾困与吴主权笺》。

"哈，又射落一只！怎么样？公瑾你服不服？我射落的猎物最多！"

1

蒹葭苍苍，白露为霜[1]，而霜本就是薄薄的易逝之物。

每个出生在庐江郡的少年子弟都见过清晨湖岸的霜白，每当霜降，便意味着肃杀的秋日渐渐深了。年幼的周瑜其实并不喜欢汉末的每一场秋冬，就算是被誉为鱼米之乡的江东，这时节也难免能看到路边的饿殍与流民。

当时的周瑜才几岁而已，性情温和而天真，忍不住对这一切感到悲伤，可无论自己如何命人救济，年年的流民仍然不减反增。

这是为什么呢？

当时堂叔周忠与父亲周异都在汉朝做官，告诉周瑜："自灵帝刘宏掀起第二次'党锢之祸'以来，宦官们在朝廷里横行霸道，寒了天下义士的心，这汉室正随着黄巾军肆虐而渐渐走向灭亡。

大汉就要变天了，你们这些孩子生在最乱的世道，日后要比旁人多经历千万倍的磨砺，才能掌握大势，以庇护黎民，守得一方净土啊。"

父亲说过的话，周瑜不敢怠慢，他日日刻苦读书习武，修身养性，名声很快传遍了家乡舒县，当时乡人都知道周家出了个神童，言谈举止比大人还要成熟。

但不知何时起，每当他们提及公瑾，后面总会加上另一个少年的名字。

那便是孙伯符，孙策。

"听说孙家那孩子开朗健谈，小小年纪就结交了不少名士！不知是咱们舒县的公瑾更厉害，还是寿春那边的伯符更厉害？"

那时周瑜大约十岁出头，已出落成一个风度翩翩的小少年，从他们口中慢慢了解孙策：美姿颜、好笑语……但凡见孙郎者，莫不尽心，甚至心甘情愿为其赴死。

于是，周瑜决定动身前往寿春，亲自拜访那位少年英雄。

寿春与舒县都属于江东六郡的管辖下，两地虽然谈不上十分近，但交通并没有太多阻碍。少年周瑜顺利找到了孙家宅邸，当仆人恭敬地引他进门时，大院里冷不

---

[1] 出自先秦《蒹葭》。

八拜为交

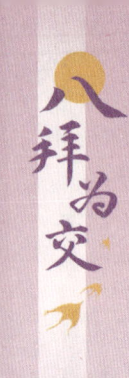

丁地传来一声斗志昂扬的大喝，将周瑜心中萧瑟的秋意撞得稀碎。

"哈哈！看招！"

周瑜闻声望去，看见一群少年正在院中斗剑，其中有位少年郎，他的剑招最利落，风采也最飒爽，让人无端联想起一只威风凛凛的幼虎。

不知怎的，周瑜笃定那位就是孙策。

"哥哥加油！"

周瑜这才发现，原来角落还站着一个两眼冒光的小男孩，约莫三四岁，眉眼极像孙策，大抵就是二弟孙权了吧。看他兴奋的模样，要不是仆人们拼命拦着，恐怕小孙权非要跑去过几招才罢休。

看来这是兄弟和睦的一家子。

就在周瑜静静思索的时候，孙策也一眼就瞥见了这位陌生少年，却只当对方是来挑战剑法的。在轻松打趴所有挑战者之后，他立刻迫不及待地朝周瑜疾奔，握剑袭来——

"来战！"

思路猝不及防被剑光打断，周瑜吃了一惊，下意识拔剑格挡，两把银亮锋利的剑"锵"地交织出脆音。孙策见他反应极快，忍不住扬声称赞"好身手"，不容分说地继续攻来。

秋叶飞旋，拂过少年们的袖袍，两个人的招式迅疾而漂亮，旁观者看得目瞪口呆。切磋并非周瑜的本意，奈何孙策来势汹汹，过招对视间，少年眉梢笑意一扬，比高悬的日头还要夺目。

"我是来……"周瑜一分神，话还没说完，长剑先被震得脱手，整个人向后跌坐在地。

少年们发出欢呼声，孙策得意叉腰，走过来朝着周瑜伸手："没受伤吧？"

他甚至还没说完"受伤"两字，周瑜就翻身跃起，毫不犹豫地伸腿重重一扫，孙策"哎呦"一声被绊倒在满地秋叶里，泥叶沾了满头。玩伴们笑成一团，小孙权还火上浇油，嚷着："哥哥输啦！哥哥输啦——"

"我才没输！"孙策脸上挂不住，扬声质问周瑜，"你怎么不讲道理，还偷袭我？"

周瑜正慢条斯理地拍掉衣上泥土:"方才偷袭我那一剑,还给你。"

周家在江东乃是名门望族,祖上曾官居太尉,虽然家风儒雅,但也不是任人欺负的,少年周瑜自然也养成了外柔内刚的脾气。

秋风涌起,两个少年横眉冷目,扭头对视,又打起来。

在史书不曾记载的光阴里,这便是总角之交的最初画面。两个少年谁也不服输,几乎在落叶里打作一团,谁都没占到便宜,最后双双被孙策他爹孙坚揪起来。

"好小子!好武功!"孙坚用力拍拍周瑜的肩膀,一脸欣赏,"你是哪家小孩儿?"孙策脑门则挨了老爹顺手一个爆栗,嗷了声。

印象里,周瑜还是第一次见到如此高大的人,他连忙拱手自报家门,说自己名瑜字公瑾,正是慕名来寿春结交孙伯符的。他这么客客气气,搞得孙策也不好意思起来,面红耳赤地伸手跟周瑜握了握,道了歉。

孙坚哈哈大笑。

"对嘛!小娃娃之间哪有什么仇,你们以后就做朋友吧!"

2

日月如梭。

周瑜就这样与孙策成了好朋友,一来二去这才发现,原来孙策只比周瑜年长一个月。

那时的孙策还不是名震四方的讨逆将军,加上有老爹罩着,性情十分孩子气,立刻缠着周瑜让他叫哥。周瑜抚琴正专注,连眼皮都没抬,反而是孙权脆生生叫了声:"哥!"

孙权已经年满七岁,整日像小尾巴似的跟在两人身后。

孙策他爹后来不常归家,四处辗转作战,先征讨黄巾,再挥师讨董,两个少年远在江东,也能听见孙文台的英雄事迹。多年以后周瑜还能记起,孙坚曾拍着他俩的肩膀大笑:"老爹我没什么文化,这辈子注定以征伐为功,但求能还天下一个太平!"

群雄割据的时代,唯有孙坚活得像个游侠,几年后亦如游侠般陨落,死于竹林间的冷箭,只剩一具灵柩孤零零地回到庐江郡。

在孙坚的死讯尚未传来之前，孙策经常兴冲冲来舒县找周瑜玩："走，公瑾！拿上弓箭射野鸭去！"

其实孙家祖籍不在寿春，只因孙坚当年被荐为佐军司马，所以才把一家老小都搬来这儿。孙策对寿春不大留恋，反而愈发喜欢起舒县的山水，每次都在周家赖着不走，蹭饭、蹭酒、蹭周瑜的琴声。

"伯符，要不要搬来舒县？"某天，周瑜很自然地问他，"我家在道南有一处大宅院，送给你家住？"

说这话时恰逢小雨淅沥，周瑜在屋内拨琴，徵羽自他指尖有一下没一下地颤响。孙策大大咧咧躺在席子上，听得哈欠连天，闻言一偏头，也答得自然："好啊，咱两家住一块儿，正好方便每天见面！"

不出数日，孙策便动员全家搬来舒县，住进了周家大宅子里，两个少年正式升堂拜母，结为通家之好。[1]

有周瑜的引荐，孙策在舒县结交了许多名士，但他最喜欢的事莫过于与周瑜同游。那时，两个少年骑着马一头扎进芦苇荡，沾了满身白芦花也不顾，只顾着开弓将箭射向天边。

倘若猎来几只野鸭，便由孙策负责拔毛，周瑜负责生火，一起大快朵颐；玩累了便席地而卧，枕着胳膊望天，漫无边际地畅谈长大后的理想，山高水远，乱世仿佛已是囊中之物。

——长大，似乎曾经是件极遥远的事。

当周瑜再睁开眼时，星河深邃得仿佛要朝着人间倾倒下来，孙策打猎累了，躺在山坡上睡得鼾声阵阵，梦里还嘟囔着胸中未展的宏图霸业。他们这时已不再是少年郎，面庞少了初识那年的稚嫩青涩。

周瑜思来想去，一脚把孙策踹醒，告诉他："我刚刚好像做了个梦。"

孙策本来正打哈欠，立刻来了兴趣："是好梦还是噩梦？"

"是个噩梦。我梦见我们去芦苇荡打猎，你非要去猎一头鹿，而我拼命骑马，追你不及，只能眼睁睁看你的背影越来越远……

---

[1]《三国志》：瑜长壮有姿貌。初，孙坚兴义兵讨董卓，徙家于舒。坚子策与瑜同年，独相友善，瑜推道南大宅以舍策，升堂拜母，有无通共。

"从此以后，你再也没有回来过。"

那天，周瑜刚满十七岁。

那也是孙家传来噩耗的前一晚，孙坚领袁术之命前去攻打荆州，却不慎死于黄祖部将的暗箭下。当两人再驾马回到城里时，只见府中的人哭红眼圈，十岁的孙权号啕大哭着扑向兄长："哥！咱爹他……"

周瑜看见孙策的表情由震惊悲痛慢慢转为沉重，攥紧拳头，缓缓出声："别怕，这里有我。"

这个偌大的家业将要落在十七岁的孙策肩上。

孙府白幔随风飘飞，如同漫天白芦花，周瑜隐隐预感到，他与伯符的年少时光从此刻开始翻篇，且再也不会有回来的那天。

一夜间，孙策成熟了很多，他在周瑜的帮助下打理好家事，守孝结束后立刻启程去寻袁术，讨回父亲留下的旧部。

"吁——"

临别那日，蒹葭苍苍，孙策勒马回头，用力地朝着周瑜挥挥手，天地刮来劲风，猎猎鼓满他的袍袖。

"公瑾，我走了！且在乱世相会吧！"

3

蒹葭萋萋，白露未晞。

一晃，周瑜已经行过冠礼。

几年不见伯符，这汉末愈发动荡，李傕与郭汜在京城内斗，献帝刘协被群臣带领着逃往洛阳，这天下有识之士都要择良木而栖——寿春此时在袁术掌控之下，但周瑜并不打算投奔袁术，也不打算投靠摇摇欲坠的汉室。

他心中谨记着父亲曾说过的话，只有迎着风浪，才能为百姓守下一方净土。

这几年他也打听到孙策的近况，听说他曾找到袁术，想讨回父亲生前的旧部去报仇，不料袁术却百般敷衍，忌惮眼前这个气宇非凡的青年。

当周瑜收到孙策的来信时，他正打算去投奔担任丹阳太守的从父周尚。

——"袁术这老混账实在言而无信，我已经忍他很久了！眼下他和刘繇隔江对峙，我就借着攻打刘繇为由，择日渡江，袭取江东，公瑾可愿助我一臂之力？附：多年不见，别来无恙？我攒了满肚子的话要跟你讲，这信写不下太多，面谈。"

开门见山，确实是伯符亲笔。

听说袁术其实知道孙策对他有怨言，但他觉得毛头小子不会有什么出息，所以只拨了士兵一千余人，军马几十匹，任他去了。

二十岁的孙策一路朝着历阳前行，乡民们都乐意投奔这个豪迈不羁的青年，队伍抵达驻地时，俨然壮大到五六千人之众。

行军半路处处可见湖泊，那芦苇荡迎风正盛，水鸟也肥美得很，看得孙策心痒痒，几乎要唤人抬弓过来猎鸭。他再转念一想，公瑾已不在身边，能与谁一起烤鸭吃呢？如此不由得意兴阑珊，放声招呼队伍加快脚程，继续赶路。

好不容易得了空闲，孙策立刻提笔给周瑜写信一封，命人加急送过去。

公瑾见信必来。孙策信心满满。

果然。

不出几日，周瑜不仅来了，还是带着船粮器杖和丹阳兵来的，他一路星夜驰赴，天降神兵般风尘仆仆地出现在孙策面前。

"伯符。"

众目睽睽之下，周瑜抬手整理着衣冠，内心斟酌重逢时的话语……只听正前方响起一声熟悉的大笑，孙策翻身下马，迎面给他来了个拥抱："公瑾！"[1]

被他这么一打扰，周瑜将腹稿统统忘了个干净，人道周郎遇事从容，却唯独对孙伯符毫无办法。他心里哭笑不得，拽起孙策朝着大营快步走去："你如今自立，即将进军江东，在外人面前还是要树立威信……"

孙策任他拽着走，笑吟吟地应声，突然来了句："公瑾你看，我现在比你高了。"

周瑜无语转头，发现孙策的身材确实比印象里高大不少。三年不见，对方已在

---

[1] 《三国志》：瑜从父尚为丹杨太守，瑜往省之。会策将东渡，到历阳，驰书报瑜，瑜将兵迎策。策大喜曰："吾得卿，谐也。"

沙场中长成一位神采奕奕的青年，他笑望着周瑜，眼里倒映出玩伴方今的英隽神采。

周瑜无视他的打趣，继续说话："收到你的信之后，我立刻去找了一趟从父，费了好些力气才从他手中弄来丹阳兵，这些战士的性命就交于你手里了。"

丹阳山险，住民好武习战，乃是自古以来的精兵之地，孙策自然知道这句话背后的信任与重量，他表情一凛，点了头："我孙伯符发誓，定不负周公瑾。"

有他这句话，周瑜这三年紧绷的内心放松了不少，微微一笑，放缓语气："听说你有不少话想对我讲，进屋喝酒吗？"

孙策旋即也笑开："喝！一醉方休！"

喝到皎月初升。

长几上摆满东倒西歪的空杯，孙策酒量惊人，想必是这三年来熬过不少独自浇愁的时刻。周瑜早就起了醉意，他却仍然一杯接一杯地喝着，说个不停。

他时而像个受委屈的小孩，怒骂袁术言而无信；时而又像个急着炫耀的少年，随口提起这些年的险象环生：如何遭到山贼袭击，如何九死一生……

十七岁丧父，二十岁起兵，这般气魄天下罕有，唯独在周瑜面前，孙郎变回了当初那个少年，他可以肆无忌惮地大笑，也可以不借醉意就大哭。

周瑜温和地注视着他："伯符，你这一路不容易。"

在那一刻，孙策终于感觉醉意上涌。

接下来，他忘了自己喋喋不休地说过什么，大抵皆是与这三年无关的往事。有童年时周瑜扫自己那一腿，也有少年时烤着吃的野鸭……又忽然想起周瑜擅弹琴，就醉醺醺缠着周瑜给他弹曲子听。

周瑜不为所动："伯符喝醉了，能听懂什么曲中意？"

披星戴月，本就疲乏，哪有力气弹什么曲子？周瑜本想偷个懒，却不料孙策比三年前更难打发，笑嘻嘻地缠着他，满口理直气壮："公瑾不弹，怎知我不懂你的曲中意？"

周瑜无可奈何，只好让人搬琴过来，专心地垂目弹了一会儿，却只听对面传来鼾声，孙策趴在桌上已呼呼大睡。

总角之交

171

周瑜：……

他叹口气，搀孙策上床去睡。

月色凉如水，顺着木窗投下，映照着对方那张英俊而晕乎的脸庞，一刹那，两人好似误入了少年时的芦苇荡，清清冷冷地沾了满衣的白芦花。就在周瑜搀起孙策时，他听见孙策正迷迷糊糊地笑："公瑾，我有你，此事就成啦……"

夜尽天明，战鼓声擂。

当威风凛凛的小霸王孙策再次出现在将士们眼前时，他身后多了另一位温雅低调的青年，为他出谋划策，随他作战征尘。

他们从历阳渡过长江，先进军秣陵，打败笮融，又转战湖孰，进入曲阿……哪怕多年后，身为吴地重臣的周瑜已经见过无数的豪杰人物，他仍然会想起当年率兵渡江的那一抹侧影。

大笑之间，势不可当。

攻陵城时，孙策大腿中箭，被士兵们抬回营里。有叛徒逃到笮融面前嚷嚷"孙伯符被箭射死啦！"笮融大喜，立刻集结军队反击，却不料正好落入包围圈。

小霸王骑马跃出，他一声大喝，攻入笮融大营，令左右士兵高喊——

"孙郎竟云何？！"[1]

敌军被吓破了胆，连夜逃窜，互相践踏，死的死伤的伤。

此役过去，孙郎威名远扬。

收兵当晚，周瑜走进主帅大营的时候，看见孙策正龇牙咧嘴地往伤口上涂药，偶尔抓起酒壶仰头往嘴里灌上几口，以此压下痛楚。

冷不防听见脚步声，孙策下意识横眉一瞥，眼神戾如饿虎。看清来者是周瑜，他拧紧的眉头一松，哈哈大笑："怎么样公瑾？我今天是不是威风得很？"

这三年他都是这么过的？难怪酒量猛增。

"是，威风得很。"周瑜叹口气，顺着他的话来，"酒快喝完了，我叫人再给你拿一壶？"

---

[1]《江表传》：策因往到融营下，令左右大呼曰："孙郎竟云何！"贼于是惊怖夜遁。

孙策本想答应，却不知又想到什么鬼主意，连忙摆摆手改口道："不成，你再弹一曲给我听吧，我这伤就不疼了。"

自己琴技再好，只怕也没有这般神奇的功效吧？周瑜正要说话，突然听营外传来震耳欲聋的练兵声，那是孙策麾下的部队，至今已经发展到了几万人，足以一扫江东。

是了，此事已成，自己也该回长江那边了，周家人全在庐江郡生活，而孙策又没有完全脱离袁术，倘若自己继续留下来，只怕会有麻烦。

这是不久前他们早就商量好的事，周瑜今夜本意是向孙策辞行。

在孙策满眼诚恳的注视下，周瑜轻描淡写地命人拿了琴，径自坐在营里徐徐弹起。那琴音在月色下如轻诉，不知弹了多久，当周瑜再抬起视线时，他看见孙策正仰着头，静静地望着那月亮出神。

此夜静极了，唯有风起。

"若我能尽快脱离袁术，公瑾此去，何日才能回来？"

"三年之内。"

建安二年，孙策与袁术正式决裂。

建安三年，袁术听闻周瑜的才华，企图拉拢他为部将，而周瑜委婉推脱，只求做一个小小的居巢县长，实则为举家搬到吴郡寻找好机会。

不久后，周瑜携着一家老小顺江而下。

江水滔滔，春风将眼前的风景徐徐拨开，这里有烟波万顷，也有风吹荷塘，像极了年少时在家乡见过的风景，他再次远远听见伯符那爽朗的笑声："公瑾！你可算来了！"

这一次，孙策仍然亲自跑出来迎接，还兴冲冲地拉起周瑜，带他看宅子："怎么样？和咱们小时候住的大宅院一样吧？我特意让人给你盖的！"

这次重逢，孙策授周瑜为建威中郎将，赐兵马乐队，待遇放眼江东无人能及。[1]

他甚至将这份情谊毫不掩饰地写进公告里："周公瑾英隽异才，与我有总角之好，

---

[1] 《三国志》：策亲自迎瑜，授建威中郎将，即与兵二千人，骑五十匹。瑜时年二十四，吴中皆呼为周郎。

骨肉之情。他在丹阳帮我成就大事，论德酬功，我给公瑾的回报还不及他给我的万分之一！"

那年，周瑜与孙策双双二十四岁，被吴郡人仰慕，合称为双璧。

那年，周瑜不曾想过，这会是他与孙策共度的最后两年。

两年后，夺命的冷箭成了横在二人中间的断章，白璧从此断成两截，一半永远沉入了冰冷的水底，另一半仍在人间磕磕碰碰地消磨着。

4

蒹葭采采，白露未已。

建安四年冬，自周瑜投奔孙策以来，又过了一年。

孙策以不可阻挡的速度一统江东，跃升为最年轻的霸主，连曹孟德都难以与吴地较量，时常悻悻把"猘儿难与争锋"[1]挂在嘴边。

"骂我是疯狗？"孙策隔江大笑，"有能耐就来战！有公瑾相助，我能打跑黄祖，也能打赢曹孟德！"

打败黄祖，乃是前不久发生的事。

自从黄祖的部下放冷箭杀害孙坚之后，十七岁的孙策便把这个名字深深刻入骨髓，发誓终有一日要为父报仇。

"我建议在沙羡交战，采用火攻。这季节多东南风，两军战船于江面开战，到时只要火放上风，兵激烟下……"当时，周瑜抬眼，对孙策缓缓说出那句话，"即可一举焚毁黄祖的水军。"

一语定音，如同落子，扣下轻轻的回音。

大营内，已成为君臣的两位挚友视线交织，透过彼此的双眼看到曾经年少的自己。

暴雪肆虐，战船交锋，弓弩并发，流矢雨集。

---

[1]《吴历》：曹公闻策平定江南，意甚难之，常呼"猘儿难与争锋也"。

后来，这成了周瑜印象里最深刻的一天，距离赤壁之战还有整整八年，大火却早在江面烧彻过一次。当初那两个秋风中打架的少年，正并肩观望着这场无比盛大的烈火，连同十七岁那年的仇与恨，也随着焦烟一并埋葬于大雪之中。

黄祖只身逃走，两万部下被杀，战船财宝、妻妾儿女皆被捕获，仅跳水溺亡者就高达一万多人。远望江面，一片赤红，分不清是夕阳还是鲜血，孙策指向滔滔江水，一声长笑："黄祖老贼，你迟早有一天要死在我手上！"

"伯符接下来要东进豫章？"周瑜问。

"是。"孙策朝他望过来，忽然心虚挠挠头，"公瑾，自从你到吴郡以来，还没过个好年……若是来年战事不忙，咱俩约上家里长辈，一起好好过个节？"

与刚才满身戾气的小霸王简直判若两人。

周瑜微笑摇头，悠悠将目光投向江水的尽头："不急，天下为重。"

再后来，随着豫章太守华歆举城投降，江东归于孙策之手。周瑜留在巴丘镇守，而孙策不得不回到吴郡处理公务，两人就此分开。

分居两地的日子一天天过去。

去年降下的雪，三月悄然消融，周瑜闲暇时会坐在窗边喝茶，遥想伯符那边的光景，庭院里渐渐绿了起来，四月快到了。最近，他时常收到孙策寄来的信笺，本该是君臣之间的公务往来，信中却偏偏不谈公事。

"仲谋几年后就及冠了，到时邀你来主持？"

"前些日瞧见山林里有走兽，手痒，想打猎。"

周瑜提笔回信，信中却永远都是关于治理江东的公事，有次惹得孙策不高兴，还特意写信责怪，说公瑾你的信件也太过冰冷，读着闷，给你写信还不如去打猎散心。

建安五年，春天似乎姗姗来迟，风里隐隐捎着几分肃杀，山中猎物怕是不好找。周瑜当时只是笑笑，并未将孙策的责怪放在心上。大业初成，江东双璧才不过二十六岁，未来还有大把的好年华，何必急于一时呢？

却不料，稍纵即逝的念头，成了往后十年的漫长心结。

建安五年四月四日，孙策遇刺中箭。

山水迢迢，惊天的噩耗尚未及时传到巴丘。

当晚，周瑜做了一个梦——

月亮皎洁得好似白芦花，自己则踏着月色向前，一路溯游，竟浑浑噩噩地回了舒县。推门进屋时，他看见二十六岁的孙策正穿着一身染血战袍，像个随性少年般倚在窗前，扬起眉冲着他笑："公瑾，想我了没？"

周瑜觉得奇怪，但又说不出哪里奇怪，他动作自然地走到孙策面前坐下："怎么来这儿了？你坐。"

"我还要赶路，不坐啦。"孙策笑着摇摇头，这笑容隐约浮起几分疲惫，他就这么静静看了周瑜半晌，最后说出口的那句话如同叹息，"公瑾，我想听你弹琴了。"

周瑜找来一张琴，垂目拨弦，梦里的琴音好似绵绵春雨，怎么弹也弹不尽。

天亮时周瑜惊醒，见使者正慌慌张张进屋下拜：

"报！护军，不好了，将军遇刺身亡——"

伯符……死了？

使者禀告说，孙郎是在丹徒狩猎时遇刺的。

当时，他骑着快马甩下所有的侍从，径自去追逐一头矫健的鹿，却不料被仇人放冷箭射中，[1]当夜伤情迅速恶化，孙策把江东托付给孙权，撒手人寰。

周瑜突然觉得，或许这荒唐的现实才是大梦一场。

——"我梦见你非要去猎一头鹿……"

——"你再也没有回来过。"

从此以后，周瑜余生所见的所有月亮，都成了一弯锋利的剜心刀。

5

建安五年，周瑜赶回吴郡，辅佐十八岁的孙权。

建安七年，曹操命孙权送人质入朝，满朝大臣争论不休，孙权带着周瑜一人来到孙母面前商量。周瑜答："一方侯印而已，如何比得上建功立业？"孙权深以为然，

---

[1]《三国志》：密治兵，部署诸将。未发，会为故吴郡太守许贡客所杀。先是，策杀贡，贡小子与客亡匿江边。策单骑出，卒与客遇，客击伤策。

遂拒绝曹操。

"仲谋，公瑾只比你哥哥小一个月，我向来把他当亲儿子，你也要把他视作兄长啊……"[1] 年迈的孙母颤巍巍牵起二人的手，话未说完，已是泪如雨下。

建安十三年春，孙权出兵讨黄祖，周瑜为前部大督，斩黄祖于刀下。

大仇终于得报，周瑜满身浴血，缓缓站定，看见江水尽头赤霞漫天，他惊觉这已是伯符逝去的第八个年头。

这记忆在他心底慢慢凝固，缓缓下沉，终究凝成了一滴澄明的琥珀。无论烽烟有多么滚烫，无论长江有多么沸腾，这滴琥珀里封存的身影仍鲜活如初。

同年入秋，一场滔天的烈火从赤壁吹燃，沿江迅速蔓延，曹操的连环战船一艘接着一艘被点燃，如同疯狂挣扎的焦黑亡魂，烧尽了枭雄吞并江东的野心。

半边天的火光照亮周瑜的眼前，某个刹那，他身边响起青年的大笑声："公瑾，痛快！痛快！"

炽风猎猎，吹起袖袍，他回过头，身侧空无一人。

人生如梦，一尊还酹江月。[2]

不久后，周瑜率兵与曹仁对战，不慎被流箭射中右肋。

冰冷的箭尖贯穿血肉，他在一片士兵惊呼声中坠马，视线翻覆之间，再次看清天边那弯锋利的月色。

趁主帅回营养伤之际，曹仁趁机攻吴。

属下们都劝周瑜卧床静养，而他只是笑着摆摆手，强忍剧痛起身，骑马巡视各营，激扬军心，慑退曹仁。

至于那道箭伤，从此再未痊愈过，成了不久后夺命的伏笔。

建安十五年，周瑜路过巴丘，身染重疾，一病不起。夜风如诉，刮了彻夜。

---

[1]《江表传》：权母曰："公瑾议是也。公瑾与伯符同年，小一月耳，我视之如子也，汝其兄事之。"遂不送质。
[2] 出自苏轼的《念奴娇·赤壁怀古》。

总角之交

"……鲁肃忠烈，临事不苟，可以代瑜。"

夜风推开窗棂，月色缥缈苍凉，在生命走向尽头之际，周公瑾终于放下那封奏章，慢慢闭眼，忆起十年前逝去的故友。

"伯符？是你来了吗？"

扑棱棱……

惊风扫过英雄们的衣角，将年月吹得徐徐倒转，江东还是当初的江东，月亮还是那时的月亮。当周瑜再睁开眼时，他发现自己躺在山坡上睡着了，星河仿佛要朝着人间倾倒下来，而孙策就躺在他的身边，笑着望天。

【知己留音】

「周公瑾英俊异才,与孤有总角之好。」

总角之交

河梁之谊

HELIANG ZHIYI

文／清夜月

守正忠臣义士苏武

×

桀骜叛国贰臣李陵

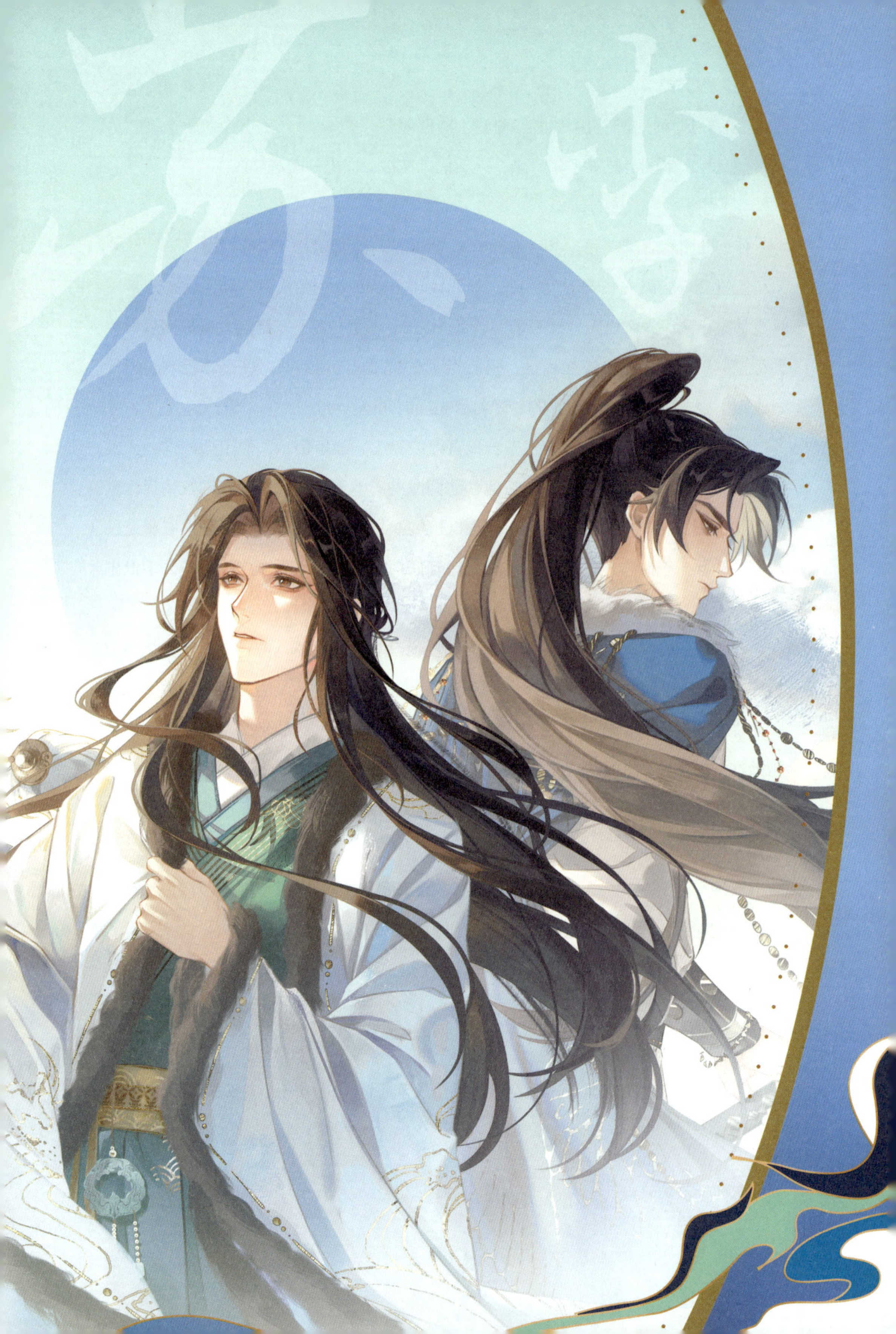

李陵在风声呼啸的夜中惊醒，脊背上冷汗涔涔。

他又一次梦到自己妻子和母亲，人头滚落在地，泼出一汪汪鲜血。

作为飞将军李广之后，李陵的少年时光称得上花团锦簇，意气风发。

玉堂金马、纵马长安的少年郎，年纪轻轻便奉御令领受八百骑兵，后来还带着一支侦察小队深入匈奴腹地二千余里，侦察地形，不费一兵一卒带回大量珍贵战报。他极擅骑射，训练出一支在酒泉、张掖等地抵御匈奴的弓兵队。许是年轻的时候太过耀眼，少年抱着超越飞将军的梦想将目光投向北疆。

于是他向天子请命，带着五千步兵直扑浚稽山。战争伊始，他用兵如神，大破匈奴骑军，但奈何浚稽山是匈奴腹地，他们撞上了单于主力——三万匈奴精兵，纵然挥师搏击，将匈奴暂逼上山，也无法抵抗匈奴赶来驰援的匈奴左贤王、右贤王部八万多骑兵。李陵发出的求援书信没有得到任何回音，即便是李广的孙子，不世出的少年天才，也只得被围困深谷之中。

"杀气三时作阵云，寒声一夜传刁斗。"[1]胡骑将他们逼入深谷，以守株待兔之势等待猎物进入"笼"中。李陵命令手下军士各备粮水，待天明之时便四散突围，以望能有人冲出围困，将此处的消息报于天家。身旁的人越战越少，李陵麾下军侯管敢在双方鏖战时投降匈奴，将破阵之法告知敌方，军中士气大跌，就连同僚韩延年也死在匈奴铁箭之下。从未有过的挫败感与愧悔扼住了他的喉咙，力竭被俘的他，选择了投降。

大战存活的三千余人中，最终有四百多人逃回了关内，他们都说，李陵已战死。也许只到这里，一切就会是个壮士殉国的好结局。

但生性多疑的汉武帝找了相士看李陵家人的面相，还派遣探子去关外寻找李陵的行踪，相士说，李陵家人面无丧亲之相。探子将为匈奴练兵的李绪错认成李陵，不久传回消息，李陵降了匈奴。

汉武帝勃然大怒，处死李陵全族，甚至为李陵说情的司马迁也被施以宫刑。

---

[1] 出自高适的《燕歌行》。

消息传到关外时，诈降的李陵沉默不语，不久便刺杀了大阏氏器重的汉将李绪。

凉秋九月，塞外草衰，他的回朝之念也自此断绝，只当自己本就是出生在关外的野人。老单于极为看重李陵，大阏氏一死，他便将躲藏追杀的李陵接回，并把自己的女儿嫁给了他。新单于——狐鹿姑单于继位后，李陵本欲与他井水不犯河水，但奈何对方的野心可能比从前的老单于更为庞大。

他夜里惊梦，便是为了新单于白日里同他说的一番话。

——"右校王，听闻你在汉时，和苏武有交情？"

——"你去劝他臣服于我，如果成了事，我让他做大官，还好好谢谢你。"

他的妻子是这位单于同父同母的姊妹，但对方同他说话的语气依然带着股自上视下的鄙夷——李陵知道，在此处的众人眼中，他是一个自汉朝归降而来的叛将，就算做了右校王，就算娶了公主……他也终究无法成为这里的人。

可他并不想去见苏武。

"大王……"他试图劝说对方，但是话刚开了个头，单于便一挥手："我知道你担心什么，但这事除了你，我们这儿没人能做。"一语毕，此事便无商量余地。

李陵打点好了一切，准备明日起程，这个安静得近乎祥和的夜晚，让他不断想起努力忘却的旧日时光。

李陵拥着皮衾，坐在灯下发呆。

他已经很久不去回想曾经，也很久不再揣测如果。但此时他避无可避，在这临行前夜，惊梦的浑噩中，他终于忍不住去想。如果，如果自己那时宁死不降，该是如何处境。

他翻来覆去揣测无数可能，却始终不得其解。于是他寄望于他的故友，希望那位北海牧羊的俘虏能给他答案。

火光摇摇曳曳，弄得他也昏昏沉沉，不知不觉间，隔世的梦又悄然而来。

梦里的他不知在和哪个世家子弟在斗猎，朋友们都在起哄，热热闹闹地看，春日池水荡漾，微风和煦，远山含黛，雾岚弥漫——

梦中的那个自己将目光移到坐在柳树下、握着石头在地上勾勾画画的人。那个

人是苏子卿，自汉地而来，是已被匈奴囚禁多年的持节使，如今是北海之畔栉风沐雪的牧羊人。

只见一眼便一梦惊醒，再也睡不着，李陵干脆翻身坐起来，也不燃灯，陷入沉思。

苏武被擒时，他在匈奴对单于拜下称臣；苏武悍不畏死、为守节自刎时，他在匈奴的草原上驰马野猎；苏武命在旦夕、被下令以坑火之法续命时，他在匈奴与妻儿萤窗夜话；苏武被放逐至北海牧羊，说是公羊产子方可得还时，他在匈奴营帐练着胡兵……

他一直在，但他把自己的头深深地埋起来，不闻，不见。

——"苏子卿！少卿和人比试至最后关头，你连眼皮都不抬！"

——"不必，我早知少卿会赢的。"

那场斗猎的最后，尚且年少的持节汉使面对朋友半开玩笑的指责，无奈地说着。

转日天色微明时，李陵便带着随从启程。自匈奴王庭所在到北海，昼夜兼程也要数日。这一路人烟渐稀，天野渐阔，夜宿时有狼嗥，有兽鸣……随行的人纷纷抱怨怎么摊上这么一档子苦差，李陵却觉得，自己心情比从前开阔些。

再过数里，便是苏武牧羊之处。他让随行的人原地驻守，自己带了一匹马、数条肉与一囊酒纵行而去。

他虽料想到苏武的状况不会太好，却仍在见到对方时吃了一惊。

记忆中温和笃重的持节中郎将看起来像是茹毛饮血的野人，准确地说更像是一棵枯死的黑木。李陵的目光下意识地往他手上看，果不其然看见汉使的旌节，说是旌节，也只剩一根杆、一条布、一枚锈蚀的铃——但握在这个人手里，自有煌煌烨烨之姿，让他不敢直视。

那个人的目光闪动，李陵知道他已经认出了自己。

"这旌节居然已经这样了。"李陵摸着旌节，"当年我送你出使，它还那样鲜艳。"

北海的牧羊人并没有属于自己的房子，他们在冰湖的岸边坐下来。苏武娴熟地捡了杂草生火，李陵想去帮他，却被苏武沉默地伸手阻拦。

他华美的衣袖与苏武撕裂的毡衣撞在一起，李陵像是被烫到一样缩回手。

苏武像是没看到他的反应，平静地说："这里天黑得快。"

"哦。"李陵下意识地应了一声，翻捡着把另一句话从喉咙里掏了出来："子卿，我现在是匈奴的右校王了。"

那个人的眸子闪动了一下，却仍然望着升起来的簌簌小火。

"我听说了一些，少卿，你的故事比我听说的多。"

李陵发现，即便苏武的声音变得沙哑了，吐字变得含糊了。可他此时说话的语气同昆明池畔说"我早知少卿会赢的"的少年没有任何差别。这种不变让李陵如坐针毡。

李陵在火上翻烤他带来的肉，用靴子里的刀割开同苏武分食。他一边割肉，一边同苏武絮絮地说起这些年发生的事，就像是许久未见的朋友互道近况——

"假如，我和你一样，在北海——"李陵的话突然顿住了，他发现他确实没想过自己该如何过这样的生活。上无片瓦，下无毫毡，甚至连人都没有。他来的时候，甚至在想苏武可能已经在北海悄无声息地死去的可能。

"那我们可以一起挖野鼠。"苏武说，"你应该比我学得快，我用了两个冬天才学会。"

牧羊人指指火上的肉："就是有点小，只能慢慢嚼骨头。"

李陵倒吸一口气。

"我们还可以搭个屋子。一个人做确实比较难。我受伤之后，就没什么力气，好在羊群里暖和。"

"那现在我帮你？"李陵说着，竟然真的跃跃欲试起来，"这附近有林子吗，没准儿我能在天黑前把木头砍完。"

"有的，百里开外。"

于是李陵又沉默了，低头听着羊粪烧得毕毕剥剥。苏武顺手从地上薅了一把草给他。他有些茫然地接过，旁边的羊凑过来，一口就咬了过去大嚼特嚼起来。

"它们很乖。"苏武说，"可以从人手上吃东西。"

李陵看着那只羊，又看看苏武，笑了起来："你就是在报复我。"

"没有的事。"苏武也笑,李陵知道他也想起了同样的往事。

在长安时苏武有一匹爱驹,有一日李陵装作帮他整理衣服,在他腰带后插了马草。那匹马有点馋,足足追了苏武一个时辰。

北海的夜风呼啸,他们被羊群簇拥着,在火堆旁像寻常朋友那样谈天说地,但驰隙流年,他们终究不再是当年长安城里意气风发的少年,有些话题也不自觉地被提起。

"也许再来一次,我不会这么选了。"李陵狠狠地抹去嘴角的油渍,一会儿又盯着火光喃喃,"但如今的我还是会这么选。"

"彼时时局如此,我汉朝与匈奴向来势同水火,谁能保证,他们一定能接受一个回朝的叛将?"苏武望着低着头的老友,"再者说……少卿,你是老将军的孙子,你知道,有些人宁可你死在战场上,也不愿你带着污名返还。"

李陵沉默不语,即使是命运的阴差阳错造成如今的局面,但他依旧无法原谅自己。他一直知道,自己的心里一直住着一个小小的李陵,发疯一样地羡慕着苏武,羡慕着霍光与上官桀,甚至羡慕宫刑加身的司马迁。无论发生过什么,至少他们仍能活在他们共同度过少年岁月的故园。只有他——流离失所,无根可依,日夜思念的长安街巷间至今仍传唱着辱骂他的童谣,他曾经要求被俘虏的汉卒给自己唱过。而他只听了一遍,却把每个字都刻进了脊骨里。

"子卿。"他笑起来,"长安里的小孩子,后来都唱歌骂我。"

他将那些字句翻出来,在北海的朔风里低低诵念,苏武没有阻止他,只安静地听,最终在他最后的尾音也落下去时开了口:"少卿,木已成舟,何必如此自苦。"

"道理我自然听了许多。"李陵低低一哂,"可见你从前说得对,我这个人就是一根筋看不开。"

而后他扯下腰间的酒囊,仰头痛饮几大口又抛给了苏武,奶酒的味道腥膻又辛辣,他扯着苏武的衣袖,两个人挤在挨挨蹭蹭的羊群里,嘟嘟囔囔地说起长安春日里的牡丹和匈奴伸手不见五指的荒漠。

"那一瞬间,我只觉悲哀。"他这样描述自己被俘后的心境,"我带了五千步卒血战匈奴，搏杀数万之师，哪个士兵不想回到故土，可最后我们只剩下几百人时也没能等到后援。"

"子卿。"他唤少年时朋友的字，"我最初被虏至匈奴时一直想寻求机会再逃回长安。我自觉无愧于陛下和故土，可……"

"我……我娶若若的时候，掀开盖头，还没看见她的脸，就看见她簪的那朵墨魁，可真……可真好看……

"子卿，你看没看到，若若、我的母亲、我的族弟、我李氏一门……他们被我们那位陛下砍了头的时候，血泼在地上，和牡丹比哪个更红？"

眼下的李陵并不是名将世家的得意子弟，也并不是匈奴一呼百应的右校王，他只是个在战争与政治的漩涡中溺死的失败者，是害死了全家的罪人，是个一无所有的可怜虫。他骂这天地，骂刘彻，骂自己，骂着骂着，又呜呜咽咽地哭起来，声音混在漠北的寒风里，如同饿鬼争食，哀然悚然。

天渐渐地暗下来了，羊群也开始焦躁不安，咩咩地叫着骚动起来，像是催着牧羊人赶紧送它们回家。

这些羊都有家。

李陵抓来身旁的一只羊，把脸埋在羊背上狠狠擦了一把，再站起身来的时候虽然一身狼狈，可举手投足间，又尽是贵族的姿态。

他嗓子有些哑，声音柔和道："子卿，你现在知道了，我的家人是怎样的下场。而你……"李陵顿了顿，似乎在拣选词句："伯母自你北上没多久便去了，还是我把她送到阳陵——而你那位结发妻子，呵，不说她也罢。"

李陵的语气里有深深的鄙弃："你哥哥本来是奉车都尉，可只因为随皇帝出行时折断了车辕便被赐死。你弟弟奉命抓捕嫌犯不得，也只得服毒自尽。爱你之人已成黄土，你爱之人已负你而去，你我同为无根可依之人，留下来，有什么不好？"

"我们回王庭去，那里草肥水美，日光朗朗，酥肉酪乳，其实也不是那么——"

他说不下去了，因为苏武沉默地看着他，一双眸子在寒夜里如天启星般熠熠生辉。

"少卿。"沉默的牧羊人开了口，"你瞧，我从未劝过你回去。"

这样的一句话就像是在李陵心里捅了个大窟窿，晚风灌了进去，让他颤抖着又

河梁之谊

惶惑起来。

"子卿……你不只有死在北海这一个选择。"最后他只留下了这一句话便匆匆离开，一直到再也看不见北海荒原上的那一点枯火方才勒马停步。

他最终未能劝服苏武，单于为此不满，却也拿他没什么办法。

后来，他借妻子的名义，送了几十头牛羊到北海。

李陵再次动身前往北海见到苏武时，他似乎与数年前相比没什么变化，只是旌节上的布条也落了，只剩一枚锈蚀的铃。

"我们抓住了一个俘虏，来自云中郡的。"他单刀直入地说，"他说，刘彻死了，整个汉朝都在服丧。"

北海的风呼啸，天边黑云沉沉。他牧羊的朋友似乎在风中站成了一道剪影，他想要再说些什么，却只见那人一口殷红的鲜血喷上衣襟。

"子卿！"

不久后，汉使来访，要将苏武带回汉朝。侍卫来请示，问他是否允许苏武当年的属官常惠去面见汉使，他知道接下来会发生的事，于是挥手放行。

那个人回朝的日子来得很快，他本想装作不知，却又听人来报，说苏武想要见他。

他思忖良久，终于说："那好，我设宴河梁，为故友送行。"

再见面时，那人绾了发，剃了须，盥洗干净换上汉家衣袍，洗净后的旌节静静地立于身旁，苏武只是坐在那里，就让李陵想起从前。

"你比我幸运。"他最后这样对苏武说，"这次分别，就再见不到了吧。"

"我会上奏陛下……"苏武有些犹豫，"当年之事，或有误会，你总该……"

"有误会又如何呢，我李氏一族还能活过来吗？"李陵笑道，"我同你喝这场酒，说这些话，只是为了让你……再多明白我点，你是汉朝的使者——而我，已是匈奴人了。"

"这个，给你吧。"他递给苏武一块柔软的羊皮，"许久不写，手也生了，若你有答，便焚了托风给我。"

苏武没有答话，只是将那块羊皮紧紧地握在了手心。

百载光阴悠悠过，后人卷中，录诗三首，署为李陵。

——"良时不再至，离别在须臾。屏营衢路侧，执手野踟蹰。仰视浮云驰，奄忽互相逾。风波一失所，各在天一隅。长当从此别，且复立斯须。欲因晨风发，送子以贱躯。"

——"嘉会难再遇，三载为千秋。临河濯长缨，念子怅悠悠。远望悲风至，对酒不能酬。行人怀往路，何以慰我愁。独有盈觞酒，与子结绸缪。"

——"携手上河梁，游子暮何之。徘徊蹊路侧，恨恨不得辞。行人难久留，各言长相思。安知非日月，弦望自有时。努力崇明德，皓首以为期。"[1]

而苏武亦录有答诗。

——"双凫俱北飞，一凫独南翔。子当留斯馆，我当归故乡。一别如秦胡，会见何讵央。怆恨切中怀，不觉泪沾裳。愿子长努力，言笑莫相忘。"[2]

诗章悱恻，但就如李陵那夜所言——

终此一别，他们未曾再见。

[1] 出自《李少卿与苏武诗三首》。
[2] 出自《李陵录别诗二十一首》。

莫逆之交

文/清夜月

"巾帼宰相"上官婉儿 × 镇国公主太平公主

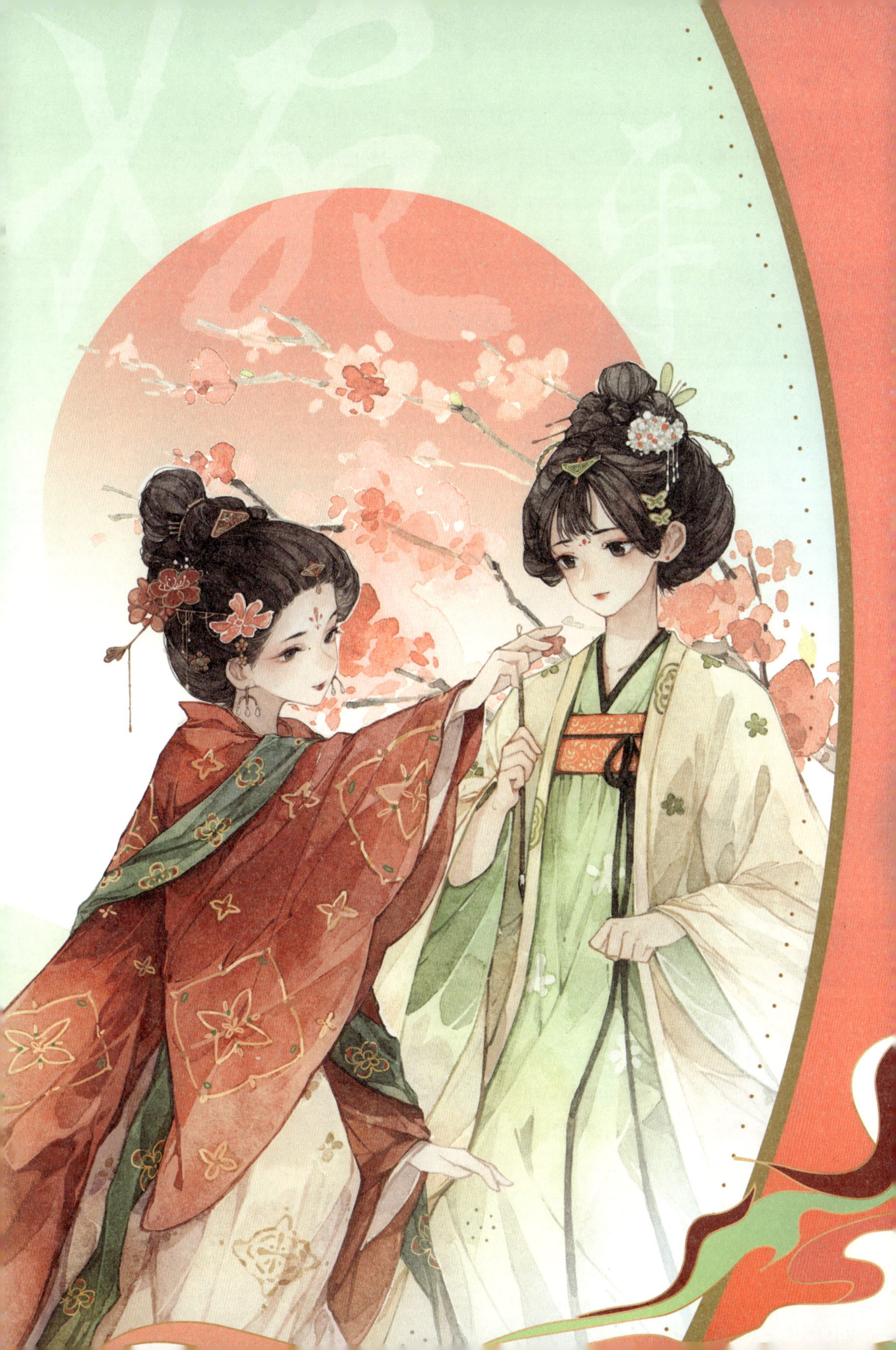

八拜为交

很久很久之后，太平公主再想起那些年月，惊觉很多事情都已在佛前袅袅的香火中模糊了面目，她努力地回忆，却最终也只能记起那年春日的太液池前，杏花如云，春风灼灼。

她坐在母亲华丽的衣裾后面，看着那个一身宫人衣着的瘦小身影行至母亲面前，口称天后，叩拜如仪。

——如同从富丽堂皇的殿阁间飞来的一只瘦鹤。

最初见面时，上官婉儿并不喜欢太平公主。

十四岁的上官婉儿费尽心思，在天下最有权势的女子面前为自己求一个逆天改命的机会。她当然知道自己的一切心思在这位天后面前都是雕虫小技，但对于她来说，即便只是上位者看蝼蚁蜉蝣翻覆求生的心照不宣，也足以让她有机会离开掖庭。

所以上官婉儿战战兢兢、步步筹谋，终于换来个御前奏对的机会，琴、棋、诗、文……她一关关地闯了过去。她伏在阶下，看不清阶上人的神色，但她觉得，她还能在这里叩首，应是得了圣心——

只最后一件。天后要看她画技，却未给命题。

她正思索着，是该画青山明月，抑或是凤啄牡丹，却没料想从天后迤逦的衣摆后，突然探出个容貌昳丽的少女。

"母亲！我要她画我。"

那少女眉目灵动，娇笑着钻进母亲的怀里，甜得像块糖膏。

天后不置可否，只以目示意，她提笔润墨，本想画个少女扑蝶之景，但打量着座上母女，却忽地计上心来。

那日上官婉儿绘的画像里，女子衣袍锦绣，重鬓华钗，坐于高座之上，眉目间凌厉凛然，最重要的是，女子背后有一道瑞气，隐隐可见龙凤腾天。

太平先看过，一口咬定一点也不像她，她没那么老，而上官婉儿只是低首微笑。

"奴画的不是公主此刻，而是公主来日。

"天后如是，公主如是，天下女子，亦当如是——

"谋国持家，长守太平。"

太平似是还不依，闹着非要再教训这个不知天高地厚的小女奴一番时，武后却笑了起来。她招手令上官婉儿前来，又拉过太平，慈爱地拍拍她的手：

"我这个女儿，被我惯坏了，也难得你敢顶撞她。"

"奴不敢。"上官婉儿垂下头。

"你有这样的志气，在掖庭那种地方也是埋没了，令你服侍我左右，铺纸研墨，你可愿么？"

"奴谢天后圣恩！"

"但你毕竟是上官仪的后人，若令风骨文人之后，在我身侧为奴为婢……"

上官婉儿知道，这是天后在敲打她。

"正因如此……"她深吸了一口气，抬眸直视那双清澈但似能看透人心的美眸，"婉儿在这里，比在任何一处，都对您更好。"

她这样说完，又叩首下去："婉儿戴罪之身，唯有此等心志愿奉予天后。"

这便是太平公主与上官婉儿的第一次相见。

正如上官婉儿所预期，御前奏对之后，她便离了掖庭，侍奉在武后左右。

武后命婉儿为她起草诏书，颁拟诏令。年轻的好女秀美轻盈，性格稳重，再加之那一笔斐然文章，渐渐地从不起眼的掖庭罪奴，一跃而成宫中女官第一人。而太平也从娇蛮任性的少女，逐渐变成了飞扬美丽的贵族公主。她们经常会遇见，上官婉儿会按照礼节，规规矩矩地行肃揖礼，太平公主若心情好，会同她笑问两句武后的状况，若心情不好，就看也不看她地一点头，从她身边走过去。

宫人都说，上官才人和公主殿下实在关系不佳，这或许是天后忌惮权臣与公主结交的权衡之术。

但只有她们两个人知道，她们会在无人的御苑中嬉闹，折了新开的玉簪花比香。她们也会在天后颁布某道诏令时交换心照不宣的眼神，而后各自行动。作为世间最尊贵无匹的女子的身边人，上官婉儿与太平公主从来不是听话写字的应声虫与无知娇憨的小公主，她的笔端和她的袖间都有血。

武后有时会揽着太平公主说："太平类我，若太平是男子，必然更能为母亲解忧。"

她只笑着不说话，心下明白，她能坐在这里，听母亲这些话，也不过因为她是女儿身。如果她是男子，运气好的话会像八兄旦，运气不好的话便是六兄贤，母亲的野心太过庞大而昭然，她只需要安静听着，适时伸手，做太多的话，无非是给自己找麻烦。

而一向谨小慎微的上官婉儿自然比她更懂这个道理。她就像站在武后身后的一道影子，随时随地准备好成为一把被推出去的刀。而太平公主最开始无法理解这些，在上官婉儿因为母亲的谋划受了黥面之刑后，她甚至还试图去找母亲讲道理，是上官婉儿拦住了她。

"殿下，是陛下需要臣如此。"

沉默良久，太平公主叹了一声。

"我何尝不知道呢，我只是不甘心。不光是替你，婉儿，还是替我自己。"

"殿下与我，都是天后枰中的棋子。"上官婉儿坦然地说，"但假以时日，安知你我不能成为执棋之人？"

那之后，太平公主再也没有问过为什么。上官婉儿来告知她，武后需要由她出面来处死薛怀义时她没有问；母亲以她的名义召回七兄、又命令她与武姓诸王盟誓时她没有问；七兄八兄邀她合谋、逼母亲逊位时她依然没有问……太平公主一刀刀地割舍了所有的迷惘与天真，一步步地走到了权力中心，从太平公主变成镇国太平公主，变成那些不甘于后宅家院的女子眼中，继母亲之后的天下第一人。

那时候的太平公主，一人之下，万人之上，鲜花着锦，烈火烹油。整个大唐都不过是她华美裙裾上压绣的牡丹。她以为她的人生也该一直这样下去，直到她老去、死去，变成史书言说中的一抹丹红。

"我们都会老的。"她邀上官婉儿喝酒，宴饮之时如此说，"我有归处，可婉儿，你将埋骨何方呢？"

"上官家旧茔已毁，我虽称妃嫔之名，却行臣子之实，自也不愿奉入皇陵。"上官婉儿也有几分醉意，把玩着酒杯低眉喟叹："臣本以为……但天后入了乾陵。"

"那你来陪我吧。"太平脱口而出。

上官婉儿有些讶然地抬眼看她，片刻后又笑了："那，臣谢殿下，予臣一个容身之所。"

"要报酬的，我去之后，你为我撰碑文。"太平挥挥手。

"那……若臣葬于殿下之前呢？"上官婉儿说此谶语，神色间却连半分意动也无，只像平日里说些家常话。

她坐的席位灯火昏暗，月色从窗外流泻而入，映着园中流水枯梅，斑驳光影落在她白皙的颈子上，不知怎地，却让太平生生打了个冷战。

"我自然也为你作碑，只文采不如你罢了。"

"得殿下一诺，臣三生有幸。"

上官婉儿举起杯敬她，杯中的澄酒揉碎了一汪月。

但太平并未想到，应诺之时来得如此之快。李隆基带人杀入皇宫的时候她还在公主府吃樱桃，鲜红的樱桃沾了酥酪分外甜美。

是上官婉儿自己要留在宫中的，太平本来说陪她一起，却被她客客气气地请回了公主府，理由是天家动刀兵，公主是局中人，在此反而不好。

"那你呢？"

"臣曾拟遗制，谏陛下以相王辅政。昔年陛下曾欲以安乐公主为皇太女时，也是臣以死相谏，天下皆知，临淄王不能把臣如何的。"

她言辞从容，最终太平听了她的话。

但最后送到太平公主手里的，除了上官婉儿意欲狡言惑主、已被斩于旗下的消息，就只有一个锦盒。

她打开锦盒，那阵幽微的香气飘忽一瞬，就又在月亮底下冷冷地散去了。锦盒里压着一只颜色已经斑驳的银钗，还有一枝刚从枝头折下的玉簪花。

"昭容昨夜自感生死飘摇，托奴婢将此物奉予殿下。"那小宫女或是见公主面色不豫，以为这位昭显天下的镇国公主是因她送物之举有所不快，声音也低弱几分，"奴婢、奴婢只是受过昭容恩惠，所以……"

"你不必说了。"太平公主啪嗒一声扣上盒盖,"出去,找长史领赏便是。"

小宫女连声叩谢欲退出殿去,走了两步,却又被太平公主叫住:"她还说了什么不曾?"

"昭容还说……殿下见盒中物,勿忘旧约。"

她有些疲惫地揉了揉眉心,挥手让她去了。空荡荡的殿中,又只剩下她一人。

她夏日不喜炎热,所居的殿外引了流水飞瀑,此时夜中,那水声如飞珠溅玉,空灵邃远。她仿佛听到了那闷顿的响声。

太平公主想,三郎的剑极快,婉儿应该不会太疼。她的手慢慢地抓紧了胸前的衣裳,放在膝上的锦盒滚落在了地上。

过了几日,太平公主忖度着时候差不多了,便气势汹汹地上了自家八兄的门。

她找李旦商议,搜集编纂上官婉儿的诗集遗作,刊行天下。李旦本来有些犹疑,上官婉儿从前是武后身旁的人,此番韦氏之乱又着实牵涉其中,若是此时下令搜集她的诗文,可不如同打了李隆基的脸一般。但太平公主先说了一大通不可以其人伤其文的大道理,又撒娇卖痴地说起他们小时候,上官婉儿绣给每人的荷包香囊,最终引得李旦松了口,下旨中书省去办此事。

"还有一事,八兄。"太平公主最终又说,"我还允过婉儿一件事。"

这一句话,便让她在宫中又多留了不少时候,等她的车驾出宫时,已近黄昏时分。

兴庆坊的灯次第亮起了,街边的人熙熙攘攘,高楼上有伶人悠扬地歌唱,巷子口的栀子开了,晚风送来一阵阵的香。

"公主,咱们原不必……"她的贴身侍女见她自出宫来便沉默寡言,小心翼翼地开口。

"绿鬟,我本有些后悔……"太平公主沉默半晌,终未再言。

——我本有些后悔。

——后悔那日没有留在宫中。

她明明知晓一切,上官婉儿侍上多年,她不仅是称量天下人的宰执,不仅是宫廷中起草诏令的女官,更是武周朝曾存于世间的例证。有她在朝堂一日,人们便忘不了那女子临朝的盛世，便忘不了天后，忘不了那刻在李氏皇族脊骨上的字字血证。

她该想到这一切的。

那一日，公主府书房的灯整夜亮着。

不似上官婉儿下笔即成斐然文章，太平本就不长于文采，眼下搜索枯肠却笔墨难尽，所得字句种种，竟都觉得不能拟述那人半分，待到天色半明，她昏昏睡去，恍惚听闻珠帘撩动之声。

"殿下觉得为难了。"女子声音清越，却又带着些了然的笑意。

太平迷迷瞪瞪抬起头来，见得来人，恍惚觉得有哪里不对，却又觉得本该如此。左右眼下这房中只有她们二人，她声音便也带上了些惯然的懒怠："既知我为难，你来帮我写。"

"殿下应允之事，自应由殿下完成。"那人闻言又笑了，"烦请殿下自己努力些吧，臣为殿下磨墨。"

天边月色，桌角灯影，松烟墨的香气弥漫，混着殿中焚的牡丹臣，世间万般勾连，只在此间。

巨阀鸿勋，长源远系。冠冕交袭，公侯相继。

爰诞贤明，是光锋锐。宫闱以得，若合符契。

写到这里时，半开的窗里突然起了风，灯与月、墨与香都碎在了那风里。她惶然地抬起头，只见桌前空荡荡的，似是从未有人来过。

她从梦中惊醒，狼狈地站起身来，推窗环顾四周，侍女匆匆地问殿下可是被梦魇住了，她不答，只一迭声地问守卫，方才是否有人来过。

"从未有人入殿。"

侍卫长手按长剑，说得斩钉截铁。她突然就觉得十分疲倦，挥挥手示意众人各归各位，自己又转身入殿去了。

桌上的墓志铭写了半篇，砚上的墨已有些干凝，太平公主咬着笔杆，想起梦中所见那人若有所指的笑意，一时气性起来，便也不想再多斟酌字句，洋洋洒洒写下余后半篇。

莫逆之交

潇湘水断，宛委山倾，珠沉圆折，玉碎连城。

甫瞻松槚，静听坟茔。千年万岁，椒花颂声。

后来，太平公主致力于找李隆基的麻烦。总有人说她是不甘权力旁移，要如她母亲般再做个君临天下的女子，她听了不置可否。她联络朝臣，翻覆政事，桩桩件件都往李隆基最不痛快的地方踩。

她当然知道三郎是承继帝位最好的人选，可她不甘心——她想到本该大展鸿鹄之志的鹤鸟猝然珠沈金谷，在他剑下香消玉殒，便彻夜难寐。自小在锦绣堆中金尊玉贵地长大的太平公主在母亲去世十年后，又活成了负气任性的样子，她不开心，不痛快，便也要让她不开心不痛快的人更不开心，更不痛快。

左右这世间种种，能让她放在心上的事情，已不太多了。

先天二年，暮夏之时，太平公主叛乱事发，被逼退于山中野寺。

她居于寺中三日，无人知她做了什么，三日之后，寺门洞开，她翩然而出，如神妃仙子，车驾迤逦，径直往公主府而去。

是夜，御使赐下鸩酒，太平公主在殿中广开夜宴，座中却唯有一席两杯。

酒的颜色似少时的蜜腌海棠，像嫁时头上的钗，像梦中上官婉儿喉间淋漓的血，像这古往今来，朝朝暮暮。

太平公主举杯一饮而尽。

眼前的灯模糊，月也模糊，疼痛从胸腹间带着铁锈味儿泛出来，她无力地伏在几上，嘴上却带着淡淡的笑。

鼎铛玉石、赫赫权势宛若黄粱一梦，梦醒过后，她想着去找寻那只翩翩飞来栖于宫闱、最终也葬于宫闱的鹤。

"我以鹤仙拟卿，卿当以何应我？"

大明宫的花下，她将一枚银质鹤钗簪入少女鬓间，退开看看，满意地拍拍手。

"殿下谬赞，臣愧不敢当，若以臣愚见，殿下当如此蝶。"

十五岁的少女低声笑着，合着的双手一开，一只蝴蝶从她掌心翩翩而出。

"大胆，何敢以我拟此俗物？"

"臣昨夜得一异梦，梦臣身着羽衣，为一蝶所引，向月而去，光明烂漫。醒来想起殿下，便见帘幕影动，此蝶正缀于绡间。"

【知己留音】

莫逆之交

元白之交

文／明戈

随性多情牡丹君元稹

×

清正耿介紫薇郎白居易

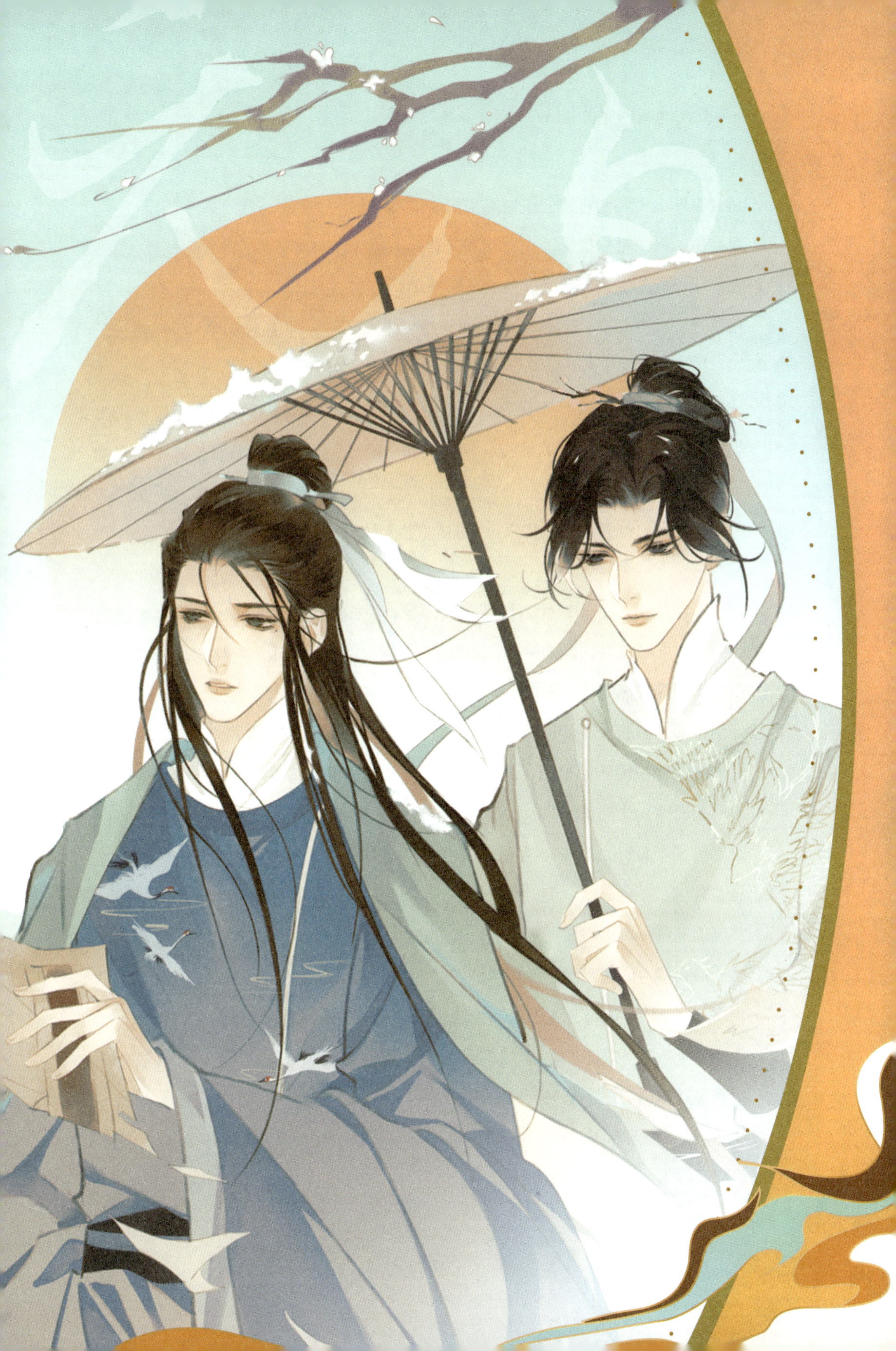

1

诗会宴席上,名士雅客们正觥筹交错、诗酒唱和。

月色下,两侧帷帐掠影浮光,席间玉竹碧翠攒青,琼浆玉露的香气馥郁醉人。在此起彼伏的高诵低吟间,诗会遗簪堕珥,好不热闹。

角落里,白居易身穿水青色圆领袍衫静静坐在那儿。他仪态极好,身形修长,垂目颔首的姿态优雅又矜贵。

只是他的心思似乎完全不在宴会上,他左手轻揉太阳穴,右手握着毛笔,正出神在纸上勾写着什么。许是大家推杯换盏的声音有些吵,他眉头微皱,拂了拂衣袖站起来,向门外庭院走去。

刚走到门廊,他旁边突然传来一声清脆的惊呼。

"啊——"

只见一年轻男子不知被什么绊了一跤,握着酒杯踉跄向他扑来。那年轻男子生得甚是漂亮,面容白净,眉如柳叶,眼似桃花,不过那双桃花眼里现在满是惊慌。

白居易深邃漆黑的眸子里映出男子衣袖狂挥的身影,他不退反进,向前迈了半步,而后伸出骨节分明的大手紧紧拉住了男子。

那人被惯性带得转了半圈,一杯酒满满当当洒在了白居易前襟,一滴没浪费。不过人倒是没摔,此刻正稳稳趴在了桌子上,像一条濒死的鱼一般吓得大喘气。

足足过了半分钟,男子抬头看了眼白居易的"扎染"袍衫,这才反应过来,赶紧起身道歉。

"这位兄台,真是抱歉。"年轻男子连连拱手。

这一抬胳膊,白居易倒是瞧见了他衣袖中露出的半截稿纸。

"小友……可是在诗会上溜号写东西?"白居易的声音醇厚温暖。

年轻男子听罢不好意思地挠了挠头,随后便瞥见白居易另一只手上也拿着纸笔。

"等等,你也……"男子惊讶一指。

厅堂内,名士们都在呼朋引伴地推杯换盏,丝竹管弦之音靡靡而升,没人注意到这月夜门廊下,相对而立的两人。

门廊处十分安静，风轻缓而温柔。除了洋洋洒落的清淡月光，空气中唯一喧嚣的就是栀子花的香气。

白居易行了个拱手礼，朗然开口。

"在下白居易。"

男子同样回礼，眼落流光。

"在下元稹。"

见字如面。

距离上次诗会，不知不觉已经过去了数月。真没想到这偶然一遇，竟让我收获了一位知己。

一开始还以为你只是才学过人，没想到聊至夜深发现我们的志趣也如此相投，我简直像是看到小几岁的自己一般。

最近天气渐凉，秋意甚浓。

或许秋天本就是让人伤感的季节。我有时看着那些铺地落叶，被寒风旋着送入冷雨，总是会哀伤年岁的逝去如流水般无情。当然，也可能是因为我比你大了整整七岁。

随信附上一首我最近的诗。

不堪红叶青苔地，又是凉风暮雨天。

莫怪独吟秋思苦，比君校近二毛年。

——《秋雨中赠元九》

公元802年10月 白居易

白兄，好久不见！

正想给你写信，没想到你竟先我一步。

不得不说，你这首诗写得真是好！只是其中你说自己年岁较大，这一点我不喜欢。

你今年不过三十，在我眼里刚好是成熟又有魅力的时候！再说了，我们才相差

七岁，人生百年大梦一场，这几年又算什么？

附上回诗一首：

    劝君休作悲秋赋，白发如星也任垂。

    毕竟百年同是梦，长年何异少何为。

——《酬乐天秋兴见赠》

还有，上次你说立冬之时你将去参加"书判拔萃科"考试[1]，我也正有此意前往。

希望我能与你一同登第。如果有机会能一同在长安为官，那就更好了。届时杯酒共饮，诗画共赏，想想就开心！

不多说了，我要赶紧去继续复习，为能与你朝暮相见的美好未来而努力！

公元 802 年 10 月 元稹

见字如面。

没想到你说话竟如此灵验。我们真的同中书判拔萃科，一起入秘书省任校书郎，成了同僚。

虽说这一职位并不忙碌，不过我还是有许多想做的事。不知你的想法如何？

再夸一遍，你说话真的好灵。

公元 803 年 2 月 白居易

不是跟你吹，白兄，我这都是开过光的嘴。你信不信等我们七老八十了，我还能与你朝朝暮暮共携手？

至于我对这次入职的想法……

我自知我们都是有抱负的人。可人生短短一瞬，若不趁着这两年清闲好好玩一玩，等真正经搞事业了，还哪有时间肆意快活？

我可是知道不少好玩的地方，下周一就述职了，这周末我带你一同出去游玩一番。

公元 803 年 2 月 元稹

---

[1] 书判拔萃科：唐代贡举科目名，是吏部继平判入等科之后设置的第二个科目，与平判入等科有明显的区别，起初是制举科目，大足元年以后吏部始设此科，不及博学鸿词科崇重，及第人数也不及平判入等科多。

见字如面。

昨日真是十分快乐。

说来那条巷子我还是头一次去，烟柳朦胧，月夜春景，真是美哉。

喝到兴处，窗外竟有烟花绽开，恍若满天星子坠落。你在我对面也染了一身微光，面若冠玉，翩如芝兰。想来那时你告诉我，你乃鲜卑拓跋部后裔，北魏昭成帝十九世孙。早就听闻这一族祖上尽是美人，遇君果知不假。

无奈我酒量确实不佳，后面发生什么事都不记得了。

公元 803 年 7 月 白居易

白兄可是写信写习惯了？哈哈，我就在你几米外，不直接同我讲话，偏要偷摸传这纸条？

你酒量确实不好，后半程一直侧倚在桌上，不过依旧风姿出众，好几位姑娘都向我偷偷询问你的消息。反正我是一直装醉，一个都没告诉。你可别怪我啊，帮你拦拦桃花而已，情债多了也不好。

咱们喝到后来，那几个公子哥儿都醉倒睡下了[1]，只我一人还算清醒。

我正想背你回家，你竟歪歪斜斜地倒下去了。好不容易把你架到伏在案上，你却说什么都不走，还笑着劝我的酒。一杯接着一杯，不把我灌醉誓不罢休一样。

所以我倒是想问问——君今劝我醉，劝醉意如何？

公元 803 年 7 月 元稹

白兄？怎么不回我纸条？

你发什么呆呢？

公元 803 年 7 月 元稹

3

一连几日都不见你来上班，不会生病了吧？

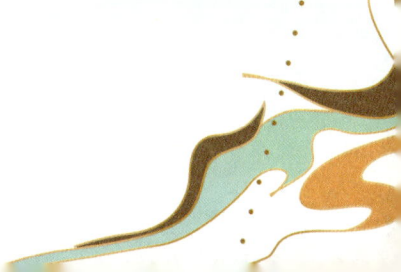

---

1 出自元稹的《酬乐天醉酒》。

哎呦！想起来了！一定是因为我上次非要带你去雪中饮酒，你又没戴帽子，所以受寒了。

唉，我备一顶就好了。

怪我，怪我！

公元 803 年 12 月 元稹

见字如面。

我的确是受了些风寒，怕你担心便没同你讲。你勿要自责，是我自己体质弱。

说来我还是头一次在鹅毛大雪的湖心饮酒。

万山载雪，明月薄之。得见美景，又能雪中对饮，感谢你都来不及，你又何须内疚？

你也未戴毡帽，漫天飞雪落在我们的黑发上，宛如一夜老去一般。能得以一见彼此共白头的样子，没有什么经历比这更珍贵。

马上就到新年了，我便借这天地一白，祝君以后仕途坦荡，所愿皆成。

对了，我们下小舟时，不远处有位姑娘气汹汹喊着你的大名。

这可是你先前说的情债？

公元 804 年 1 月 白居易

呃……嘻。

情债的问题先放一放，过几天有灯会，我们偷溜出去玩如何？这长安繁华夜景，璀璨灯火，咱俩看个遍！

到时你请我炙肉喝酒，我请你吃糖葫芦。如果没有异议的话，就这么愉快地决定了。

另，新年快乐！

祝我们年年有今日，岁岁有今朝！

公元 804 年 1 月 元稹

4

见字如面。

没想到时间如此之快，两年已经过去。

校书郎一职虽自得清闲，能与你一起饮酒探春、雪中举杯，但我深知，这终究不是你我实现鲲鹏之志的长远之计。我已经在华阳观寻了一处清净地，为备考制科做准备，届时我们可比邻而居在那儿复习。

希望这次考试我们也能如上次一样好运。

你说话最灵，记得多多许愿。

公元805年2月 白居易

哈哈哈哈白兄，你就说咱这嘴是不是有点玄学在的！

咱俩又同登"才识兼茂明于体用"科，一起及第！我简直比许愿池里的王……算了，这比喻不比也罢。

不过话说回来，这次及第九成还是归功于我们数月一同研究时事，努力编写制策论文。如我当年所言，玩归玩闹归闹，认真搞事业的时候，咱俩一个都不带掉链子的。日后我们一起联手，好好和那些个贪官权豪对打。剑劙妖蛇腹，剑拂佞臣首[1]，就不信建设不好大唐！

对了，最近坊间有些风言风语，说我的"曾经沧海难为水"，是抄袭孟子的"观于海者难为水"。

真是气煞我也。他们到底懂不懂抄袭和化用的区别？哼！抄抄抄，就他们能吵吵！

公元806年4月 元稹

见字如面。

莫要和那些不懂的人生气，不值得。

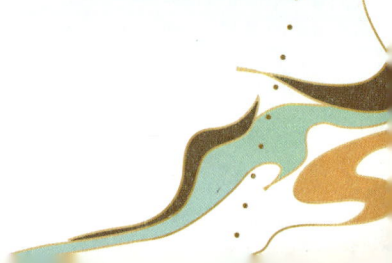

---

[1] 出自元稹的《说剑》。

听闻你近来好几番上疏献表，"教本""谏职""迁庙"，还有西北边事皆论，一连六次上书弹劾权贵，已得皇上青睐。

真为你感到骄傲！不过也要留神奸佞，保护好自己。

公元 806 年 7 月 白居易

5

果然如你所忧，我遭杜佑报复，被贬为河南县尉了。

三日后出发。

公元 806 年 9 月 元稹

见字如面。

你此次离开我没去为你送行，微之，莫要怪我。

我本不喜欢秋天，不过自从与你一起，每一年的"秋月夜深看"我都不再孤寂，只觉美好。可现在月光依旧，我却再也开心不起来。

这两日秋风瑟瑟，梧桐树叶簌簌落下，我们曾一同骑马看过的槿花，也随着秋雨零落碾进泥土中。面对此景我已经悲伤得不能自持，我实在无法想象当面送你离开又会如何。

这长安城的每一处我们都曾携手走过，如今你不在这里，整座城池仿佛空了一般。

随信附诗一首，望君一切安好，万要珍重。

零落桐叶雨，萧条槿花风。
悠悠早秋意，生此幽闲中。
况与故人别，中怀正无悰。
勿云不相送，心到青门东。
相知岂在多，但问同不同。
同心一人去，坐觉长安空。

——《别元九后咏所怀》

公元 806 年 9 月 白居易

白兄无须解释我也明白。

况且你我情同金坚，爱等弟兄，我怎么可能怨你？

白兄，我母亲前不久去世了，就在我遭贬的第六天。我人刚到洛阳便得知了这个消息，难过得几乎泣血。

如今已足足过了一月，我依旧郁结于心，夜不能寐。更不用提现在俸禄全无，家中买些吃食都有些困难。

唉……

公元806年10月 元稹

见字如面。

微之，节哀顺变。令堂乘鹤西去，不必再受人间疾苦，我们各人终有这一遭啊。倒是你，切莫哀大伤身。

如果可以，请允许我为令堂撰写墓志铭。此封《唐河南元府君夫人荥阳郑氏墓志铭》我已随信寄出，去留从君。

至于俸禄问题，怕什么？总归我这里也有积蓄。

照例随信附诗。

自我从宦游，七年在长安。所得唯元君，乃知定交难。
岂无山上苗？径寸无岁寒。岂无要津水？咫尺有波澜。
之子异于是，久要誓不谖。无波古井水，有节秋竹竿。
一为同心友，三及芳岁阑。花下鞍马游，雪中杯酒欢。
衡门相逢迎，不具带与冠。春风日高睡，秋月夜深看。
不为同登科，不为同署官。所合在方寸，心源无异端。

——《赠元稹》

公元806年10月 白居易

见字如面。

不知道你近况如何，心情是否好些了？

我现在已是翰林学士。前阵子皇上给裴均加平章事、山南东道节度使，现在又要封王锷为宰相，被我强烈制止了。那王锷在淮南五年，用民脂民膏打点京城官员，博求上位。如此污吏，我断不能顺他。

另外，我们的诗歌革新运动也在好好开展，你可知京城的文人墨客已将我们合称"元白"？

你且一切安心，我在长安一直坚守我们的志向，元白之志不会倒。只是身边没有你，真是不习惯。

前阵子去曲江春游，我几乎提不起兴致。

杏花园里花依旧，可惜闲人逢尽不逢君[1]。

盼信，望回。

公元807年4月 白居易

见字如面。

又是一年春天到了。

想来我已经在长安做了七年官，也结识了不少人。可你离开这几年我才愈发觉得，我的至交好友只有你。

最近我时常能记起我们同为校书郎那几年，真是悠闲快乐。

华阳观的日子我也喜欢，每天起床便一同研讨时事，累了就去竹林间听鸟鸣。

其实我一直想说，君似青竹，清正又有气节。虽然旁人看你总是着眼于风流韵事，不过我知道你本心如何。

你刚离开那几月，我常独自垂泪。转眼这么久没见，我也想开了。我们不论身在何处，都不要紧，因为君心必似我心。

盼信，望回。

公元809年2月 白居易

---

[1] 出自白居易的《曲江忆元九》。

白兄，抱歉这么久没回信。

仕途不顺，又遇家难，我的确颓废了很长时间。

我以为你会和其他朋友一样远离，没想到你从未离开，还每月接济我，从不间断。可你知道，恩情太大了也是一种负担。

我自知偿还不上，反正我们也许久没见了。唉，不如就直接……

直接……好好见一面吧！

哈哈，有没有骗到你？我收到京中消息，我已被提拔为监察御史。等你收到这封信的时候，我应该就快到长安了！

不是我不给你回信，实在是想给你一个惊喜，你都不知道憋得我多辛苦！

另外，竹子君是什么鬼名字哈哈哈？

等我，白兄！

公元 809 年 3 月 元稹

见字如面。

好啊，你小子竟敢骗我！等你到长安。我定好好替你"接接风"。

另，我当真觉得竹子君这个称谓不错。

公元 809 年 3 月 白居易

没想到与你还没好好待几天，朝廷就要我以详覆使身份出使剑南东川。

昨天做了个梦，梦见我与你一同去曲江游玩。天气刚刚转暖，枝头都是鹅黄色的花儿。后来又去了慈恩院，我们拾级而上，遥看云卷云舒。可惜还没走多远，我就被驿站小官唤醒了。起身清醒过来，才发觉自己原是在梁州。

梦君同绕曲江头，也向慈恩院院游。

亭吏呼人排去马，忽惊身在古梁州。

——《梁州梦》

公元 809 年 3 月 元稹

元白之交

见字如面。

等等……那时你在梁州？

从梁州寄信到我这里约是十五日。半月前，也就是你做梦当天，我刚好同李健在曲江饮酒！而且我那天醉酒后也题下一首诗。

花时同醉破春愁，醉折花枝作酒筹。

忽忆故人天际去，计程今日到梁州。

——《同李十一醉忆元九》

我那时算着你此行许是已经到了梁州。没想到我们竟同时写诗猜对了对方所想，不愧是知己！

公元 809 年 4 月 白居易

见字如面。

听闻皇上以"元稹轻树威，失宪臣体"为由，将你贬为了江陵府士曹参军？这是怎么回事？以我对你的了解，你断断不可能做出此种事来。

是不是那几个宦官从中作梗陷害你？放心，我这就去帮你申冤。

公元 810 年 3 月 白居易

白兄！你竟然以死上书，真是疯了！

我那时在东川平了许多冤案，本就与不少官吏结下梁子，今年又弹劾河南府尹不法事，肯定成了许多人的眼中钉。前几日我途经华州时宿于驿馆上厅，遇到了刘士元他们，我们就上厅一事起了争执。他们人多势众，对我推搡辱骂，更是用马鞭抽打，最终把我赶了出去。

如今这个结局，白兄你定懂得其中意味。我被贬无妨，但你莫要再为我奔走！朝廷风急浪大，一定小心！

我现在已在去江岭的路上了，今日宿曾峰馆，写了一首小诗。

微月照桐花，月微花澹澹。

怨澹不胜情，低回拂帘幕。

叶新阴影细，露重枝条弱。

夜久春恨多，风清暗香薄。

是夕远思君，思君瘦如削。

但感事暌违，非言官好恶。

奏书金銮殿，步屣青龙阁。

我在山馆中，满地桐花落。

——《三月二十四日宿曾峰馆夜对桐花寄乐天》

月下桐花满地，若是同赏，当更有意趣。

公元810年3月 元稹

见字如面。

昨夜梦到了你，可惜还没来得及多聊几句，就被敲门声吵醒了，原是商州使者送来了你的信。

我连忙从床上起来，由于太过着急，衣服竟都穿反了。你的诗还是这样好，我看着便能想象出你在紫桐花树下的身影。落英缤纷，你抬笔落诗，想必是玉人之姿。

万望保重身体，你本就清瘦，再瘦就出问题了。

不怕你笑话，你的诗我一章三遍读，一句十回吟。

珍重八十字，字字化为金。[1]

公元810年4月 白居易

得知白兄如此，我开心都来不及，岂会笑话？

对了，和白兄说件事。先前我是怕你还要替我出头，才故意说不在乎被贬。不过现在风浪已过，我终于可以坦心相告。

这帮人简直气煞我也！竟敢阴我！

那时你把我比作竹子，我还不觉如何，现在我恨不得把竹子扛在肩上，让天下人看看我有多冤！

---

[1] 出自白居易的《初与元九别后忽梦见之及寤而书适至兼寄桐花诗⋯此寄》。

而且不知怎的，我竟愈发觉得竹子君这个名字还挺好的。

秋来苦相忆，种竹厅前看[1]。

我接着去种竹子了。以后本人走到哪儿，竹子便随我种到哪儿。

公元 810 年 10 月 元稹

白兄，听闻令堂过世了，你还好吗？

你在家守丧，想必日子过得吃紧。我给你寄了好多衣服和吃的，还有二十万钱[2]。

我也不知道能如何安慰，若是需要，我必排除万难助君达成所愿。

公元 811 年 3 月 元稹

7

白兄！我可以回京了！

分别六年……我来见你了！

公元 815 年 1 月 元稹

见字如面。

微之，等你。

公元 815 年 1 月 白居易

这个刘禹锡，好不容易大家一起回京了，非忍不住嘚瑟写那个《元和十年自朗州至京戏赠看花诸君子》！那帮权贵看见了能不急？

我才见你几天呀……我们的诗友作品集《元白还往诗集》也还未完成，我又被贬通州去了！

公元 815 年 3 月 元稹

---

1 出自元稹的《种竹》。
2 出自白居易的《寄元九》："三寄衣食资，数盈二十万。"

8

白兄，最近怎么都联系不到你？我患了疟疾，终日缠累在这榻上。上次见面时还与你金樽对月，现在竟连碗都拿不起来，笑话也讲不动了。

人生可真是一场捉摸不透的戏剧，一个日升月落，一切皆不相同。

黄泉便是通州郡，渐入深泥渐到州[1]。我身上太痛了，痛得我已没什么求生的意志，思维都开始混沌起来，像我床头没有焰火的蜡烛一般。

但今日听闻你蒙冤被贬至江州，我竟直接从病榻惊坐而起。风雨从窗户吹进来，我实在担心你，心底一片冰凉。

公元816年2月 元稹

见字如面。

不过数月未联系，怎么会这样？

微之啊，你万万不可以意志消沉，好好治疗！你既是竹子，那该是千磨万击都不会被打倒！

我已寄了可能有用的药过去，过几日还有一批。虽未必能治江上瘴，且图遥慰病中情。

千万保重身体！

盼信，望回。

公元816年4月 白居易

见字如面。

听说通州夏天很热，我寄了江州特产的凉席过去。这凉席"滑如铺薤叶，冷似卧龙鳞"[2]，想来你能睡得舒服些。

通州这种炎瘴之地，此物最关身。

盼信，望回。

公元816年7月 白居易

---

1 出自元稹的《酬乐天雨后见忆》。
2 出自白居易的《寄蕲州簟与元九，因题六韵（时元九鳏居）》。

见字如面。

微之，怎么不见回信？我实在担忧。

给你寄了一套轻薄衣物，莫要嫌薄，犹恐通州热煞君。

盼信，望回。

公元816年8月 白居易

9

都收到了，白兄。

本来我已经没有任何求生之心，可自从那日联系上你，我便感觉生命的烛光仿佛亮了一些。后来接二连三收到你寄送的东西，我突然感觉前所未有地想活下去。

今日听到门外来人说有你的来信，我在榻上就已泪流满面。我费力下床去拿你的信，还未打开就已经泣不成声。

放心，我已赴山南西道兴元府求医，正得节度使权德舆的照顾，比先前好多了。只不过白兄所寄药物，效果着实一般，不然这相思之苦，怎么迟迟医不好？

随信附答诗。

紫河变炼红霞散，翠液煎研碧玉英。
金籍真人天上合，盐车病骥轭前惊。
愁肠欲转蛟龙吼，醉眼初开日月明。
唯有思君治不得，膏销雪尽意还生。

——《予病瘴乐天寄通中……有酬答》

先前几欲病死的弥留之际，我常能梦见我们初见那日的情景。月下回廊，我泼了你一身酒，想来那件衣服我都未赔给你。如今病情好转，我便念着为你裁制一件新衣。

可惜我们已经太久不见，不知你腰身几许，便只能托人将料子寄给你了，有一匹水青色纡丝，还有绍兴产的白轻榕。

公元817年7月 元稹

见字如面。

听你的语气便知道病情已经大好，都有心思开玩笑了。

只是"袴花白似秋去薄，衫色青于春草浓。欲著却休知不称，折腰无复旧形容"[1]，我如今的年纪，已配不上当年的青色了。

公元 817 年 8 月 白居易

白兄说的这是什么话，怎么就配不上了？

春草绿茸云色白，想君骑马好仪容。诗会初见，你策马的身姿就很潇洒。现在穿上这套新衣，定如当时一样！

公元 817 年 8 月 元稹

见字如面。

我们的相遇乃是因因果果，缘分使然。昨晚又梦见你了，还梦见了三回。随信附诗。

晨起临风一惆怅，通川溢水断相闻。

不知忆我因何事，昨夜三回梦见君。

——《梦微之十二年八月二十日夜》

公元 817 年 9 月 白居易

山水万重书断绝，念君怜我梦相闻。

我今因病魂颠倒，唯梦闲人不梦君。

——《酬乐天频梦微之》

公元 817 年 12 月 元稹

白兄，听说你出任杭州刺史了。我心觉相见之期已近，等我去找你！

公元 822 年 7 月 元稹

---

[1] 出自白居易的《元九以绿丝布白轻䌷见寄制成衣服以诗报知》。

见字如面。

太好了微之。我大约十月上任，等你。

公元 822 年 8 月 白居易

白兄，我前阵子因出任浙东观察使时整顿政府官员，又得罪了人，被贬武昌去了。不过不用担心，我已经在洛阳履道里也买了一处宅子，就在你隔壁。

过几天你去帮我看看前院的竹子种得怎么样，那帮小工有没有敷衍了事。

等我被贬回来，我就去这所宅院养老，遵守我年少的承诺——与你朝朝暮暮共携手。

到时我去你家住两天，你来我家住两天。

咱俩没事下下棋，散散步，时而策马来场"少年游"，美哉美哉！

公元 830 年 2 月 元稹

见字如面。

好，一言为定！

到时我们饮酒纵歌，酬诗互答，再赏遍洛阳美景，共登西楼。

另外竹子君，你的竹子破土了。

公元 830 年 3 月 白居易

见字如面。

喜报，竹子已长大许多，约莫有五厘长，各个精神抖擞。

公元 830 年 5 月 白居易

见字如面。

微之，我才想起来，这竹子头四年最多就长几厘米，要到第五年才能长得飞快。

也不知你何时能回来……希望是在竹林长成之前。

公元 830 年 12 月 白居易

微之，我怎么听说你病重的消息？！

盼信！速回！

公元 831 年 7 月 白居易

11

公元 845 年。

垂垂老矣的白居易推开院门，走进元稹在洛阳买的那座宅院。

此时正值隆冬，厚厚的大雪将院落盖住，地面莹莹皎白，一个脚印都没有。

庭前的竹林已经荒败，偶尔来一阵风吹落浮雪，露出里面歪歪斜斜的枯黄叶子。

浮雪飘到白居易的满头银丝上，融为一体。

竹叶飒飒作响，宛如数不清的寒刃，一柄一柄飞穿过他的心脏。

"元相池头竹尽枯……"

白居易泪眼婆娑，沙哑出声。

"微之，你果真是不在了。"

见字如面。

微之啊……对不起。

已经十四年了，现在我才写下这封信，正式与你告别。

并非我不想，只是这些年来我实在无法拿起笔，写下这些文字。光是开头"见字如面"四个字，便已是封住我笔尖的心魔。

那年你猝然离世，棺椁经过洛阳。

我冲出人群跪扑到你的棺椁边，哭得肝肠寸断，痛不欲生。

那白花花的纸钱，刺耳尖锐的哀乐，是我十余年来的梦魇。

这么多年我每每回到洛阳，一次都未敢踏进你买的这所宅院。

我觉得好像只要我不过来，就能骗自己你并没有死，而是好端端地住在这院子里，安度晚年。流年匆匆，我总是想着你在院子里的生活。

这个时辰，微之该是坐在回廊里乘凉赋诗了。

这个时辰，微之该是去煎药了，病得慢慢调养。

这个时辰，微之该是去庭前瞧竹子了，兴许满意嘟囔着长得真不错，和自己一个风范。

……

只是因为你从不出门，而我也从未来过，所以我们才整整十四年不曾照面。

说起我这些年……我过得挺好的，不用担心。

那天我梦到与你同游，我们都还是少年模样，策马扬鞭，意气风发，看尽了长安的春夏秋冬，雪月风花。

醒来后，我才发觉这只是个很长很长的梦。

我哭得不能自已，无法接受这君埋泉下泥销骨，我寄人间雪满头的结局。

不过后来我恍然想起那年在大雪纷扬的湖心，我们都没戴帽子，有幸看到了彼此白首的模样。

没想到那时这样一件小事，竟成了我余生仅存的安慰。

今日这封信，我便不照例附诗了。

因为以往的"见字如面"，是我知道终有一面。既然现在阴阳两隔，那我便不想写在信里了。

我在香山修缮了一座寺庙，捐了我所有润笔费，日日虔诚地叩首诵经，焚香拜佛。

"乘此功德，安知他劫，不与微之结后缘于兹土乎。因此行愿，安知他生，不与微之同游于兹寺乎。"

这份功德我不占分毫，只求渡君。我唯一的祈愿，就是再与你把臂同游。

世间兰因絮果，凡有业结，无非因集[1]。

我们曾约定朝朝暮暮共携手，这便是种下的因。

此生几多离合，既有今别，宁无后期？

所以不论死死生生，生生世世。

公元846年1月 白居易

【知己留音】

---

1 出自白居易的《祭微之文》。

猜猜下一本主题

【历史有自己的be"小说"】

本期彩蛋

- 少时不读红楼梦，读懂已是梦中人。

- 明月照高楼，流光正徘徊。

- 忠心义烈，与日月争光。

- 人生不过诗九首。

图书在版编目（CIP）数据

八拜为交 / 古人很潮编著. -- 武汉： 长江出版社，2024.5
ISBN 978-7-5492-9445-9

Ⅰ.①八… Ⅱ.①古… Ⅲ.①短篇小说-小说集-中国-当代Ⅳ. ①I247.7

中国国家版本馆CIP数据核字(2024)第087303号

本书经天津漫娱图书有限公司正式授权长江出版社，在中国大陆地区独家出版中文简体版本。未经书面同意，不得以任何形式转载和使用。

八拜为交 / 古人很潮 编著
BABAIWEIJIAO

出　　版	长江出版社		
	（武汉市解放大道1863号 邮政编码：430010）		
市场发行	长江出版社发行部		
网　　址	http://www.cjpress.cn		
选题策划	陈 辉 刘静薇		
责任编辑	钟一丹		
特约编辑	郭 昕 龚伊勤		
总 策 划	ZOO工作室	开　　本	710mm×1000mm 1/16
装帧设计	殷 悦 孙惋 熊婧怡 李可依	印　　张	14
印　　刷	武汉鸿印社科技有限公司	字　　数	218千字
版　　次	2024年5月第1版	书　　号	ISBN 978-7-5492-9445-9
印　　次	2025年7月第8次印刷	定　　价	45.00元

版权所有，翻版必究。如有质量问题，请联系本社退换。
电话:027-82926557(总编室)　027-82926806(市场营销部)